第五卷
诗 歌

目　录

诗　选

第一辑　黄　河　行

黄河行 …………………………………………………………（5）

第二辑　高粱长起来吧

高粱长起来吧 …………………………………………………（21）
黄槐花飘落的时候 ……………………………………………（23）
月夜短曲 ………………………………………………………（25）
纵火者 …………………………………………………………（27）
游击队部的夜 …………………………………………………（28）
我们班里的花 …………………………………………………（29）
开花的灵魂 ……………………………………………………（31）
年轻的号声 ……………………………………………………（33）
杏花盛开的时节
　　——纪念青年战士顾逢春 ………………………………（35）
街头诗六首 ……………………………………………………（38）

第三辑　诗　没　有　死

《晋察冀日报》记者
　　——秋季反"扫荡"诗章之一 ……………………………（45）

羊圈记事
　　——秋季反"扫荡"诗章之二 …………………………（47）
过白石山
　　——秋季反"扫荡"诗章之三 …………………………（50）
黎明来到白石山下
　　——秋季反"扫荡"诗章之四 …………………………（54）
温暖的黎明
　　——秋季反"扫荡"诗章之五 …………………………（56）
江西老表
　　——秋季反"扫荡"诗章之六 …………………………（57）
午夜图
　　——秋季反"扫荡"诗章之七 …………………………（58）
蝈蝈，你喊起他们吧
　　——秋季反"扫荡"诗章之八 …………………………（60）
山
　　——秋季反"扫荡"诗章之九 …………………………（61）
荒谷
　　——秋季反"扫荡"诗章之十 …………………………（62）
在石缝里，我笑着……
　　——秋季反"扫荡"诗章之十一 ………………………（64）
诗没有死
　　——秋季反"扫荡"诗章之十二 ………………………（67）
最高的塔
　　——秋季反"扫荡"诗章之十三 ………………………（69）

第四辑　好夫妻歌

春天，苦战的阵地 ……………………………………………（75）
诗，游击去吧 …………………………………………………（80）
深夜，我渡过溪水去敲门 ……………………………………（84）
羊铃
　　——春季反"扫荡"诗章之一 …………………………（87）
好夫妻歌 ………………………………………………………（90）

保卫我们的老家 …………………………………………………（93）

第五辑　越过堡垒线

越过堡垒线 ……………………………………………………（99）
闻哭声 …………………………………………………………（100）
寄回山地（一） …………………………………………………（102）
寄回山地（二） …………………………………………………（103）
伏击 ……………………………………………………………（105）
叩门 ……………………………………………………………（107）
小小风暴 ………………………………………………………（109）
线外歌者 ………………………………………………………（114）

第六辑　黎明风景

黎明风景 ………………………………………………………（119）

第七辑　两　年

寄张家口 ………………………………………………………（187）
塞北晚歌 ………………………………………………………（195）
第四次伤 ………………………………………………………（200）
三合村 …………………………………………………………（205）
开上前线 ………………………………………………………（207）
一个战士的赞歌 ………………………………………………（211）
好兄弟歌 ………………………………………………………（213）
黄牛还家 ………………………………………………………（216）
秋千歌辞 ………………………………………………………（219）
英雄的防线（诗报告）
　　——记"钢铁第一营"高林营阻援 …………………………（221）
两年
　　——再寄张家口及其兄弟的城 ……………………………（224）

第八辑　红叶如海

蝗虫 ……………………………………………………………（241）

抗美援朝街头诗 …………………………………………… (243)
赠朝鲜诗翁朴仁俊 ……………………………………… (247)
答朴翁 …………………………………………………… (248)

第九辑　美　丽　颂

登列宁山夜望莫斯科 …………………………………… (251)
红场夜景 ………………………………………………… (253)
桥上 ……………………………………………………… (254)
波波夫夜话 ……………………………………………… (255)
给莫斯科河 ……………………………………………… (256)
十一月七日的钟声 ……………………………………… (257)
巴库偶拾 ………………………………………………… (259)
小河 ……………………………………………………… (260)
美丽颂 …………………………………………………… (262)

第十辑　火红的年月

写给同志也写给自己
　　——祝党的第八次代表大会 ……………………… (267)
我骑着红马…… ………………………………………… (270)
新琵琶行 ………………………………………………… (272)
遇红星集体农庄的汽车 ………………………………… (274)
草木歌 …………………………………………………… (276)
唱支山歌寄故乡
　　——为河南省青年社会主义建设积极分子大会而作 …… (279)
火红的年月
　　——1958年6月写于十三陵水库工地 ………………… (280)
红领巾水库新闻 ………………………………………… (285)
细流弯弯 ………………………………………………… (292)
秋夜偶拾 ………………………………………………… (295)
题护士像 ………………………………………………… (296)
赠北戴河疗养院 ………………………………………… (297)
赶海 ……………………………………………………… (298)

布谷鸟 …………………………………………………………… (300)

第十一辑 橄 榄 树

寄埃及人民 …………………………………………………… (303)
连长呵,你听我说 ……………………………………………… (305)
北京记事 ……………………………………………………… (307)
愤怒的城 ……………………………………………………… (310)
对话 …………………………………………………………… (312)
橄榄树
　　——访问希腊的组诗 …………………………………… (315)

第十二辑 井冈山漫游

井冈山漫游 …………………………………………………… (327)
赞歌 …………………………………………………………… (336)
悼念敬爱的周总理
　　——写在1976年1月悲痛的日子里 ………………… (340)
写在悲痛的日子
　　——献给周总理的悼词 ………………………………… (342)
沉痛悼念毛主席 ……………………………………………… (346)
自题 …………………………………………………………… (349)
黄河吟 ………………………………………………………… (350)
音乐舞蹈史诗《东方红》朗诵词 ……………………………… (352)
后记 …………………………………………………………… (356)
附录:《黎明风景》后记 ………………………………………… (358)
诗与时代
　　——在《诗刊》编辑部召开的座谈会上的发言 ………… (362)

红叶集

序 ·· （366）

秋叶篇
——亚德里亚海漫步

赠罗马 ·· （369）
安娜 ·· （372）
翡冷翠的少女 ··· （375）
女画家 ·· （377）
我被装进了盒子 ··· （379）
街头 ·· （381）
教堂愈大人愈小 ··· （382）
鸽子 ·· （383）
一座城 ·· （385）
威尼斯 ·· （387）
画家与乞丐 ·· （388）
布鲁诺 ·· （390）
秋叶 ·· （392）
问 ··· （394）

黑土篇

普阳农场印象 ··· （399）
题"拓荒牛" ··· （401）
白桦林 ·· （404）
雁窝岛 ·· （406）
在乌苏里江中航行 ·· （408）

人 生 篇

红星,战马
  ——悼杨光池同志 …………………………………（413）
那是一个很冷很冷的冬季
  ——悼英国共产党夏庇若同志 ……………………（415）
悼田间 …………………………………………………（418）
丁玲笑了
  ——记湘南临澧丁玲雕像落成 ……………………（420）
游张家界 ………………………………………………（423）
夫妻岩 …………………………………………………（425）
游岳阳诗二首 …………………………………………（426）
祝聂帅86岁寿诞 ………………………………………（427）
太行山的儿子
  ——悼李学鳌同志 …………………………………（428）
贺艾青81岁寿 …………………………………………（430）
怀念戎冠秀 ……………………………………………（431）
题"刘伯承告别人间" …………………………………（432）
英雄颂 …………………………………………………（434）
我驭着21世纪前进 ……………………………………（436）
悼邓大姐 ………………………………………………（439）
送别王震将军 …………………………………………（440）

花 鸟 篇

惜花辞 …………………………………………………（445）
布谷鸟又叫了 …………………………………………（447）
小沙果压弯了腰 ………………………………………（450）
两只百灵死了 …………………………………………（451）
这棵石榴树 ……………………………………………（453）
五线谱 …………………………………………………（455）
哀伤的森林 ……………………………………………（457）
山桃 ……………………………………………………（459）

邻家的玉兰花 …………………………………………（461）

杜鹃 ……………………………………………………（462）

我的苹果树快要死了 …………………………………（463）

病树 ……………………………………………………（465）

骚　坛　篇

母亲
　　——悼子弟兵的母亲刘大娟 ……………………（469）

夜梦 ……………………………………………………（474）

我是一个工人 …………………………………………（476）

写在汨罗江畔 …………………………………………（479）

菊赋 ……………………………………………………（482）

南街吟 …………………………………………………（484）

世界恶霸 ………………………………………………（485）

诗　选

第一辑

黄 河 行

黄 河 行

一

黄河,黄河,
你这人民的江河!
而今,
你像那暮年忧郁的苍龙,
愤怒地向长空
吐出万里浊波。

黄河,黄河,
你这人民的江河!
你是想吞没这
存在着夜色的地球,
吐出那
人民心上的日月?

黄河呵,
你是在呐喊,
全世界
人民的队伍,
在今夜
到你的身边来会合?

黄河呵，
看你
载来塞上的风云，
阴沉沉
是想冲破东方的天角？

黄河呵，
你是替
中国的人民
诉说饥饿，
要他们
走向世界的行列，
齐奔向一个角落？

黄河哟，
你的奔流
挟着浊黄，
你是想吐尽
人民心上的
白色的忧伤？

黄河哟，
你这暮年忧郁的苍龙，
是想叫醒
中国的弟兄，
去开拓东方的黎明？

呵，黄河，黄河，
是谁说你
从天上滚来，
你那豪迈的奔流呵，

你是祖国的腰带，
在今夜的吼声里，
我已辨出你千年的心怀。

在凛冽的霜天，
我独踞在这长堤上，
怅望那北地的烟云，
黄河，我的母亲，
我看见，
从你的身上，
奔出一扑扑火流，
烧得我
热泪潸潸
内心如焚。

黄河哟，黄河，
你正负着盈身的炮火。
敌人的皮帆，
将从你的身上划过；
敌人的刀剑，
将刺进你的心窝。
黄河哟，
你发出
愤怒的吼声，
有谁听了不为之激动，
你声声震撼着
四万万五千万的心灵！

黄河哟，
快快地唱起吧，
唱起那解放之歌！
快将那

奴隶解放的血泪
一齐唱落!

二

呵,黄河,
我怅望着你的北岸,
在天际,
那黑色的林莽呵,
那隐约的一线。

虽只是
细微的一线哪,
却像焦红的火炭,
烧得我
热泪滚滚,
通身打颤。

我不忍看呵不忍看,
黄河北岸,
一步步地退让呵,
在人类历史上
留下最大的污斑,
看我们祖先的创业图,
已被烧卷了半边。

从那细微的一线,
又牵出东方强盗的真面,
它是想夺我们的国土,
我们的庄园,
在我们的头上,
再筑一座血腥的高山。

从这黑色的一线，
我看见
无数魔鬼
手持着通红的火链，
他们将牵住
每个中国人
走向黑色的牢监。

黄河哟，黄河，
你北岸的儿女，
已沦入野兽的掌握。
你看见了吗？
现在中国人的血肉，
是怎样地在刀口宰割？
姊妹们青春的生命，
是怎样地在屈辱中折磨？
黄河哟，黄河，
怒吼起来吧，
我的母亲黄河！

此时，我再不敢
举目北望，
那天边白云下，
还有东北同胞
阔别六年的家乡。
家乡里
还有正做牛马的儿郎。
他们正在
受苦，罚跪，
望着中原的人民
终日流泪，

不知何时
才会见到自己的军队!

忽来一阵尖风,
噎住了我的咽喉,
使我悲怆在
这黄河渡口。
看,
古旧的船帆,
披了片残阳,
也蒙上深沉的哀愁,
在黄色的水面上
瑟瑟打抖。

黄河哟,黄河,
你依然
发着吼
向前不息地奔流,
一阵劲风
掀起连天的惊涛,
咕嘟嘟……
咕嘟嘟……
像一锅滚沸的金油。
我知道你已愤怒,
苦难悲怆之曲,
你再不能忍受,
你要毁灭这
残杀、奸污
人吃人的宇宙。

黄河呵,
你仿佛告诉我:

要争取自由,
须趁这全世界
暴风雨
在行进
在沙沙搏斗。
这正是每个时代的主人,
那伟大的创造者,
流血的季候。
全世界
那美丽壮烈的史诗,
我们在完成着
最大的一首!

三

黄河哟,我的母亲,
我歌颂你无比的伟大,
浩浩荡荡,
一直从天上奔下。
毅然地
不留恋,不回顾,
兴冲冲
奔会那东海的赤霞!

黄河哟,我的母亲,
我了解你的个性,
你那宽广伟大的感情,
你那气魄的豪雄。
你是中华民族的魂魄,
你是中国人民力的象征,
没有谁能够阻止你
挺着赤红的热烈的心胸,

走向人类的黎明!

黄河哟,
自从你奔下
巴颜喀拉山的群峰,
就像中华民族的运命,
度过多少
曲折艰难的旅程。
你曾穿过
秀美的群山——
那星宿海
看并涌的千泓,
在美丽的星海之畔,
多少天上的仙女
向你闪射着明丽的眼睛;
就像我们古老的民族,
受到全世界的艳慕与尊崇。

黄河呵,
你又摆动着
绀黄的一段腰身,
在贺兰山脚下
呼吸着塞上的风云。
你留下甜美的乳汁,
又将金臂舒卷,
紧紧地抱住那
肥美的绥远。

呵,你的脚步是何等雄健,
你从容穿越过万里云山。
纵然吕梁的铁臂
紧紧钳住你豪放的性格,

到底也挡不住
你突破龙门的险关!

黄河呵,
当你跃下那宽广的平原,
我更看出
你天大的豪胆,
那原始的慓悍。
两岸的群峰,
压不下你反抗的呼喊;
人间的不平,
更使你作狮虎的鸣唤。
你的行进,
像暴风在疾驰,
像原野在移动,
像火焰在旋卷,
你一路挟着雷声
扑向蓝色的海湾。

黄河呵,我的母亲,
你的儿女们,
也要像你那样
勇猛前进,
迎着搏击的刀剑,
终有一日,
会使那黑沉沉的河岸,
出现红通通的曙天!

四

黄河哟,
敌人已经来了,

它们就要对你这人民的处女,
进行奸污,
也许就在月黑风号的今夜,
悄悄偷渡。

黄河哟,
我仿佛听见
北岸响起隐隐的炮声,
也许到明天,
两岸的乡村就要烧红。

黄河哟,
时至今日,
我们怎能同你分离,
挥落那满眼泪雨,
不,我们要拥抱你,
吻你,离开你一步,
便是不义的儿女!

黄河哟,
任凭我们的躯体,
在河堤上搅成了血泥,
我们的灵魂,
也能微笑地
去会我们的祖先黄帝,
报告着他的孩子们
仍握着最后的胜利。

黄河哟,
在今夜,
望着你滔滔的波浪,
中原的人民

再压不住热血满腔
载我们去吧，
到我们的北方，
看看我们受伤的兄弟，
如何痛苦难熬；
看看同胞的家乡，
是怎样地千孔百疮。
去吧，
到北平，
到天津，
到山海关上瞭望，
再到亲爱的满洲呀，
看看那
变色的同胞的家乡。
满洲哟，
咱们拥抱吧，
快消除我们六年来
一日三秋的怀想。

受难的兄弟，
站起来吧，
我们不再罚跪，忧伤，
让我们的笑声
满天飞扬。

去吧，
载着我们的队伍，
你伟大的黄河，
我们行进，
像滚动的炮火。
唱起吧，唱起那
白热的歌，

那壮烈的战斗的音乐。
使丑恶的敌人,
在我们的歌声中哆嗦。

去吧,黄河哟,
趁这大堤上的劲风,
载着我们
快快出征。
去!
捣毁监牢,
烧毁屠场,
解救一切受难的弟兄!

去吧,黄河哟,
让我们的风帆,
连天飞扬。
那边,
迎接我们的,
还有日本
劳苦大众的手掌,
我们要向强盗的壁垒,
共同夺得
人民的太阳!

黄河哟,黄河,
是谁说你从天上滚来,
你那豪迈的奔流哟,
你是祖国的腰带,
从今夜的吼声里,
我说不尽你千年的心怀!

附记

　　这篇长诗,写于抗日战争爆发不久的1937年10月。我参军后,仅在墙报上发表过。1938年12月,我于离开延安奔赴敌后前夕,寄给我少年时的诗友周启祥同志。后经他的手发表在1939年7月间的西安《国风日报》。此诗已遗失多年,今年幸为启祥在北京图书馆觅得。原诗共500行,从7月18日起分7天登完,但缺7月23日的报纸,故缺75行。此次又删去若干行,仅余300余行。原诗发表时,有1938年12月5日写的一则附言,其中说:"这是我在故乡郑州黄河之滨一个小镇上,用3个夜晚写成的。……当我伫立在黄河之滨,面对那浩荡的黄河,远望黄河北岸,使我激动得流下热泪,我的悲哀、愤怒、仇恨的感情,几乎使我的头颅爆炸了。如果上面的不算一首诗,那时的情景,可以说是一首真的诗了……"当时的情景,确乎如此。此后不多日,作者即离家远行,投奔革命队伍,开始了新的生活。岁月飞逝,今已47年矣!

1984年12月24日记

第二辑
高粱长起来吧

高粱长起来吧

夏天来了,
战士们好像这样低唱着:

高粱长起来吧,
高粱长起来吧,
我们要去铁路东
那大平原上逛一逛呀!

大平原,
一眼望不到边的
绿汪汪的海呵!

我们去随便地逛逛,
背起我的小马枪,
看谁能拦挡!
顺便到保定城也遛一趟吧,
好久不见的城,
好久不见的街道,
好久不见的生意呀!
跟好久不见的老乡
见一见面,我敢说:
那儿的老头儿、小兄弟、姑娘们,
在合着嘴巴想我们哩。

呵呵,山哪!
不管你用多少野花
都留不住我;
放过夏天,
就是放过游击队最好的年成呵!

高粱长起来吧……

1939年5月,于易县东山南村

黄槐花飘落的时候

早晨,黄槐花飘落的时候,
我们的战士战死了……

群众们,
围着他那经红色的血洗过的
　　长大的身体,
看着他那经红色的血洗过的
　　绿色的军衣,
那粗壮的手还紧握着的
　　发热的枪筒,
他们的眼里露出的是怎样的情感呀!
悲痛的人群呵!
愤怒的人群呵!

呵呵,只有农民才有的淳朴的
　　圆大而温暖的泪珠,
在晨光的明灿里,
闪落在他还没有停止跳动的胸口——
战士的心为群众的泪所温暖了。
——他是为我们死的!
一个农民说;
他抖动着悲痛的手,
群众的头渐渐地、渐渐地垂下……

风吹着，
像种子默默地归还大地，
黄槐花又无声地飘落了。

1939年6月,大龙华战后

月 夜 短 曲

月亮从小山那边升起了,
也飘走了最后的枪声。

山谷的乡村哟,
投下了黑发一样美丽的阴影,
将八月的月亮接迎。

看我们的门前,
小小的水潭里快盛满了星斗;
那草丛里的虫子,
又用它们的琴声吹起月明。

多么好的夜呵,多么好的夜!
同志呵,到外面去吧,
你听我们的儿童团
歌声快要飞上明月。

我们去
追逐草地上的萤火吧,
看谁捉得多;
或者放开粗嘎的喉咙,
用射击一样的力气去唱歌。

哦哦,
从河岸的柳枝下,
又飘起了洗衣姑娘们的歌声,
她捣着我们染血的军衣呀,
又唱着土地,唱着英雄,
像叮咚的小河怀着深情。

这歌声好像说:
人们呵!
请出来看看你家乡的夜景,
到明天,
你会更快乐地去战争……

1939年8月,于易县林泉村月下

纵 火 者

纵火者
一次又一次把我的街头诗烧毁了,
留着灰白的印痕,残缺的笔画,
像被残杀者的肢体一样,
在熏黑的断墙上,
让未熄的橡木的烟火熏着它,
而且把刺目可耻的画片贴在上边。

人民垂着眼泪过去了,
战士红着眼竖着枪刺过去了。

呵呵,你人类的纵火者,
烧吧,烧吧,
我又写上了,
而且蘸着人民的泪和被害者的血
写上了呵……

1939 年 8 月,于易县林泉

游击队部的夜

游击队前方的夜,
多么地静呵!
只有窗外蛙声如潮。

灯下,
小鬼们讨论着政治课,
那么热闹;
队长在写战斗报告。

突然,炮声在近处响了……

但像没有这事,
小鬼们依然讨论着政治课,
队长在写战斗报告。

作客的虽然心里慌,
但不好说,
只听着窗外蛙声如潮……

1940 年 3 月,于南娄山

我们班里的花

你是我们班里的一朵小花呀,
我的兄弟!

战斗的风吹着,
你摇漾在我们的灵魂里,
我们像孩童般地喜欢你哟!

而当你爹在保定遭到不幸时,
你还是一朵小白花呀,
漂荡在仇恨的海水上的
一朵悲哀的小白花呀!

呵,你来了,
母亲的双臂拉不住你,
仇恨的海水灌溉得你这样骄傲,
指导员还没说完一句你年纪太小,
你眼里就满是滚滚欲落的露水呀,
呵,我的兄弟,
我的美丽的花!

战斗降临了,多么可惊呀,
你突然变成一只鸷鹰飞向敌人,
像我扔在空中的手榴弹一样勇敢,

在敌人青色的堡垒上，
在血迹斑斑的古长城之边，
你灿然地开放了，
我的可爱的小花朵！

当你牵着俘虏走下堡垒，
我的小花朵，你是多么欢乐！
从你那黑瞳仁里，
我看到了未来，看到了幸福，
像看我的影儿一样清楚。

呵，兄弟，
快背上你的小马枪，
我们还要去参加夜袭；
就是在战斗里死去，
我们也没有畏惧，
因为将来
宝贵得像金子般的幸福，
会像阳光和空气一样被人民所获得呵！

1941年1月，于南娄山

开花的灵魂

被长长的岁月
抛向寂冷的荒山与默默无言的小草花,
牧童哥呀,
被贫穷掷弃在偏僻的小路上,
小路呵,通不到有着母亲的家。

在黄昏的墙角里,
你食用着比河滩的砂粒还粗冷的糠秕,
苦命人哪,牧童哥,
你那青春的灵魂,
正像你孤独地坐在山顶,
用忧郁的大眼望着的
远远天边含泪的那片云。

而如今呀,如今……

你是走进黄金般的梦境了吧,
绿色的军衣,深灰的子弹带,
英武的军人呵,漂亮的年轻人呵,
你用这么明亮的黝黑的眼睛注视我……

而且你一天三遍擦拭你的枪呀,
人们老远就看到行列里

你枪口上插的小红缨子了,
它在春风里俏皮地飘荡着。
对我说哟,牧童哥,
你是来到了什么地方?
什么使你这样地快乐?
你怎么不说,尽微笑着不说……

一有空儿,你就蹲在识字课堂里,
轻轻皱着眉儿,
用子弹尖在地上画着。
而没有几天,就看见你
用挥过羊鞭的手
写出弯曲的、比你主人的白山羊还胖的字:
"我参加了八路军了!"

开花的灵魂呀,美丽的花朵呀,
中国大地无数偏僻的小路呀,
小草花呀,牧童哥默默的伴侣呀,
今天,让我们唱一支最美的歌曲吧:
我们一定要到那样一个地方去,
让每根草,每颗土粒,
都永远看不见牧童哥的泪滴!

1941年1月26日,于南娄山

年轻的号声

年轻的号声,
从屋顶的柳枝头响起。
四喜呀,
从你的号音里,
我看见了你年轻的步伐。

那么一把小年纪就参加了革命,
简直像刚钻出地皮的
摇漾在春风里的小草哟,
小小的个儿,
小小的肩头挎着金黄的喇叭,
比血还艳的红绸子飘飞在身后。

四喜呀,
你真像松鼠般地在山坡爬上爬下,
松鼠般地顺梯子爬上屋顶,
当号声响起的时候,
四喜呀,
在你的战友们的面前,
仿佛有光彩夺目的红绸子似的红光,
漂流过静静的乡村……

像颗绿色的明亮的星儿,

你闪耀在我们的生活里,
四喜儿,我们年轻的号手,
年轻的小萤火虫儿,
你是那样可爱地鼓着双翅,
发着忠诚的光,
翩飞在我们的队伍里呀!

    1941年3月1日,于易县南娄山

杏花盛开的时节

——纪念青年战士顾逢春

又是杏花盛开的时节,
去年今刻,
你倒在南征①里的一棵杏花树下睡熟了。

我流着眼泪,但不是觉得可悲,
兄弟,我只是想念你哟,
想起你腿上还沾着泥土,
初来一连时……

在漆黑的冬日的深夜,
檐下的哨香②
也熄灭于塞上的寒霜,
而你,你彻夜警戒五回岭的战士呀,
却披着无边的风雪,
守卫着祖国的山岗。

土地养育了你哟,

---

① 南征:1940年春,国民党军朱怀冰部不断向我太行根据地进犯,为打击这种破坏抗战的行为,我晋察冀部队一部南下太行,与晋冀鲁豫部队并肩作战,当时称之为"南征"。
② 哨香:当时站岗放哨,以燃香计时。

土地是你的保姆,
今天,为了建设开花的国度,
你像抖落满树花瓣,
把鲜血归还生身的乡土。

生命最可贵,生命是红色的花,
没有一个战士不爱它。
而自由呵,自由是三月的暖春,
它有热,有爱,有比少女温软万倍的嘴唇,
有着哗笑的声音;
谁的生命没有它,
谁的青春呀,
就只会落泪不会开花!

而你,土地的忠实的儿子,
自由的忠实的儿子,
你爱生命,你更爱自由。
生命离我们不远,
生命是随身携带的东西,
只要为真理的战斗需要它,
快快拿去,毫不吝惜!

去年今日,
为了打击那些反动的败类,
你同一百多名敌人搏斗着,
你击杀了他们,
而你自己
也倒在一棵杏花树下睡熟了。

生命呵,我歌颂
它是可以像手榴弹一样地掷出,
使它英勇地飞向敌人,

只要它能炸毁障碍,
把自由之路打开。
因此,我的兄弟,
我流着眼泪,
但并不觉得可悲。

为你而歌,年轻的战士,
像早晨太阳美丽的红光,
我为你的血照耀着的土地而歌,
土地有了你,
土地是幸福的,骄傲的,伟大的!

1941年3月31日,于南娄山

街头诗六首

谁敢再来讨伐"扫荡"

今天,
我们脚踏阿部中将的死尸,
歌唱反"扫荡"的胜利。

我们的子弟兵呵,
已经从斗争中壮大,
不怕袭来的狂风暴雨。

谁敢再来讨伐"扫荡",
就叫它学学这位中将!

阿部中将的死

阿部规秀中将,
坐镇在张家口;
一听部下在雁宿崖完蛋,
气得浑身发抖。

他马上派出大部队,
向黄土岭展开进攻,

随后又坐上飞机,
降落在黄土岭的山顶。①

他亲临前线指挥,
本来想得胜而归,
不料八路军的神炮,
把他戴金箍帽的头颅击碎。

接连受到四面围攻,
又有九百多具死尸填满山沟,
这一次比雁宿崖败得更惨,
但阿部已不再气得发抖。

在煤斗店

敌人来了,
在煤斗店,
一个老乡没有跑及。

明晃晃的长刺刀,
噗哧一声刺进他的肚子。
敌人擦擦刺刀,
嘻嘻一笑:
"今天,我又刺死了一个中国人!"

比点灯还省事

敌人用专门制造的小油盒,
比点灯还省事,

---

① 黄土岭战斗时,据战场观察,确有日本飞机空降下指挥官来,当时传说为阿部,后来据查不是阿部。此处据当时传闻而写。

点着了一个村子，
又点着一个村子。

他们回头望望
自己点着的火，
不由得就乐了：
"多好看呀！多好看呀！
最好是放几个中国人在里头呀！"

他是我们的同胞

有人坐在被焚烧的房子旁边哭，
脚乱蹬着碎瓦片，
拳头乱打着一堆堆焦土。
　　他哭得很悲惨呵！
　　他哭得很难过呵！
　　他是我们的同胞呵！

有人把粗糙的树皮，
冬季没有一点水分的树皮，
略微碾了一下就塞进嘴里。
　　他的牙齿嚼出咯吱咯吱的响声，
　　比牲口吃草还难听的响声，
　　他是我们的同胞呵！

只能抱婆娘的村长

听到敌人要来的风声，
他，便领着一家人
跑到鬼也不知道的地方。

队伍打了一天仗，

来起救国公粮,
可是这里没有村长。

战士们望望粮票,
望望米仓,
肚子饿得咕咕乱响。
唉,这样的村长,
还是请他回家去抱婆娘。

1939 年末

第三辑
诗没有死

《晋察冀日报》记者

——秋季反"扫荡"诗章之一

你《晋察冀日报》的记者,
穿着牛舔鼻子的山鞋。
山鞋钉着铁钉,
一路上跟着我们,
咔噔,咔噔,
咔噔,咔噔……

胸前插着笔管,
腰间挂着瓷碗。
口渴时
跑到河边,
是否清溪如酒?
咕咚,咕咚,
一连就是几碗。

挎包里装的什么?
休息时才能发现:
坐上大背包,
立刻响起火镰,
看欢乐的小火花,
在烟斗里
燃起悠悠白烟。

一双冻红的脚,
一张晒黑的脸。
文雅吗?
确实不甚文雅,
可是——
到晚间,
嘿,又是妙文一篇!

1941 年 9 月 9 日

羊圈记事

——秋季反"扫荡"诗章之二

一

漫漫的黑夜里,
飘荡着一点灯火。

灯火在羊圈里,
绿色的小星望着它,
夜风在高粱林
吹打着音乐。

呵,夜静了,
地下睡熟了行军的人,
这美的音乐要谁来听?

要谁来听呵,
你看不清,
烟雾摇晃着梦般的灯火,
一个光头的军人在工作。

二

夜呵，
像息了风潮的大海，
静极了。
虫子们营营地歌唱着，
开始了对灯火的进攻。

虫子呵，
你们绿色的红色的虫子，
你们在寻求什么呀，
你们使灯火
像小鸽子的倦眼
就要合上；

而且，你们还碰他的脸他的手臂哩，
还用小嘴唇舐他脸上的泥土哩，
还用触须摩他的军装扣子哩。
说呀，小东西，
你们在找寻什么？

是找他往日的西装领带么？
亏你提得起，
提起来他怕要笑坏了。
是要找他洒香水的金丝手帕么？
嘿，这也同他肺病般的过去，
漂葬到他也不知道的地方。

呵，你说，
除了他此刻坐着的背包，
和他在组织之火里烧红的意志，

你还会找寻到什么!

索索索,索索索,
霍地一只蝎子出现了,
用它黄色的刀剪,
剪住了原稿纸。

咄!
工作者惊叫了一声,
用笔尖将它刺死了。

夜呵,静极了,
像息了风潮的大海,
墙角的蛐蛐又唱出美丽的声音。

    1941年9月10日,吴家庄反"扫荡"中

过 白 石 山

——秋季反"扫荡"诗章之三

一

白石山的夜……

白石山呵,
你把大月亮窘得发白,
躲在山尖旁边,
像一枚小小的铜钱。

今天,大队在你身边走着,
白石山呵,
从黑山洞你呼呼地喷出冷风,
鞭击得山草和小树都阴惨地呼喊;
在深井般的山谷,
连你那大石下的溪水,
也在人心上敲出颤栗的声音。

呵,白石山!:
你是在威吓我们么?
你看,那云边的月都想逃遁,
那一片小天上的十几粒星星都在战抖……

然而,我们高喊:
白石山!站开一些!
从我们的足音,
你听听我们在历史上是什么人!

二

白石山呵,
看,饥饿疲劳的队伍,
开始向你攀登了。
白石山,你没有见过奔腾的海吧,
今天,你会看见无边沉默的浪,
向你卷起这一世纪最坚韧的力。

虽然,你是这样陡峭,
你使我们最健壮的工人同志,
也得用四肢
在你的险崖之上小心移动;

虽然,看去光平的石头,
踩上去却变成站不住的尖劈,
你使得一个教员出身的同志,
尖劈上留下他中年人的血液。

虽然,在你青苔般湿滑的草叶上,
我们拼命倾斜着身子,
你还使一个同志跌下了深谷;

虽然,我们身经百战的首长,
也惊叹着你的艰险,
看战马停在半山,

只索索地嚼着青草,
停住了它的四蹄。

但是,我们还是要飞过你呵,
白石山!
白石山,你听,大队里传过一阵风:
——向后传,跟上!
——向后传,跟上!
于是铁的环扣着铁的环驶向山顶!

三

向山顶攀登着,山顶你在哪里?
白石山,你是这样神奇,
我们把头仰到了后背之上,
哦,才看见白云缠绕着的你的顶峰。

我们攀登着,尽量倾斜着身子,
沉重的背包用力拉着双臂,
米袋子也是这样碰打碰打,
军衣湿透了,汗雨落上山石。

当我口渴如焚,饥肠辘辘,
当我的疲劳已经到了极度,
忽然,我听到一声有力的呼喊:
到山那边去啊,那边去,
不能停步!不能停步!

是谁在喊?
我寻视着,周围静极了,
只有山草在摇摆,
只有山风在号呼。

是谁哟,但我确实听见,
一个声音在我耳边喊道:
今夜的每个上坡,每个转弯,
都是我们应走的历史的路!

四

终于,
我们翻过险峻的山顶,
天在白石山下黎明了。

白石山呵,
同志们都在回头望你,
微笑着,讲说着,
伏在歌唱的溪水之上,
烟斗也袅袅地冒起青烟。

白石山呵,
你知道我们的快乐吗?
骄傲的白石山!
假若你不知道,
而今天你也会了解:
我们是什么人,
有什么决心,要走到什么地方!

1941 年 9 月 14 日,于河边

黎明来到白石山下

——秋季反"扫荡"诗章之四

没有鸡啼,
还是漫山的蛐蛐在唱,
天在白石山下黎明了。

而队伍呵,又要出发,
当我摇晃着身子从地下站起,
饿得我看天呵天也不蓝……

"给我点什么吃吃!"
我迷迷糊糊地不知道向着谁说,
而班长把他存了多日
准备应急的两枚小饼递给我——

我,什么火烧着我?
是不是世界上最温暖的暖流
在今天的寒谷流过了?

我托着饼子,
全身震颤,
像被轰隆隆的山洪撼动的大山。
我在心里喊着:
　　党呵,走吧!

就比昨夜还要艰险的路,
我要跟你走到天边!

      1941年9月12日,于松岭子

温暖的黎明

——秋季反"扫荡"诗章之五

披着浅蓝的衣裳,
启明星神采飘飘地升起了,
经过半宵冷雨的人,
在河滩的岩石上再睡不着。

说什么夜凉似水,
凉不过黎明前的时刻;
晨风也在营营的溪水那边吵嚷,
挺着小刀子准备泅过。

人们呵,踏踏湿脚,
又背靠背睡熟了,
温暖的黎明散出甜香。

冷风袭过来,
然而有同志的地方就有温暖,
它悄悄地溜过,它管不着。

1941 年 9 月 18 日,于铁管台

江西老表①

——秋季反"扫荡"诗章之六

日日夜夜露营在荒山里，
同志们接连病倒了。
就是那个钢铁打成的小汉子，
那个江西老表，
也有一天叫道"不好！"

他叫人狠狠地捶着他
骨头酸疼的关节，
一面派人买辣椒，
一面要人搀着他
在田野奔跑。

晚上——
"好了！"
他满头汗珠琅琅地笑着：
"我是不能病的，
病也不能把我斗倒！"

1941 年 9 月 18 日，于徐家

---

① 当时对经过长征的江西同志，人们多以"江西老表"称之。

午 夜 图

——秋季反"扫荡"诗章之七

午夜里,
在敌人多路扑来的山村,
电话铃急急地响着;

听,听不见枪声,
树叶在簌簌地飘落……

呵,这时,
葫芦架那边,
一堆红艳艳的灶火,
照花了我;

哦哦,红火边坐着一个巨人,
像风里的树影跳跃在大地,
那跳跃的红色的火光,
飞满他一身。

他那滚过大雷雨的胸膛,
总是这样半袒露着;
你看他,
一块,一块,
把劈柴投向灶火。

谁能从这个战士的灵魂，
看出我们被重兵围困！

午夜里，
红艳艳的灶火，
照花了我；
看哪，葫芦架那边，
山草呼啸中，
坐着的是我们的民族！……

    1941年9月19日，于易县徐家反"扫荡"中

蝈蝈,你喊起他们吧

——秋季反"扫荡"诗章之八

战斗了一夜一早晨,战士呵,
用满挂露水的刺刀,
割一枝红酸枣吃下你便睡了。

睡得这样甜呵!
树影在你的军衣上绣起了花朵,
大红枣跳到子弹带上你也不知道。

螳螂,你这个勇敢美丽的昆虫,
也站在战士的脚上,触须轻轻舞动,
你可是在偷看他们的梦?

你可曾看见,在他们的梦里:
手榴弹开花是多么美丽,
战马奔回失去的故乡时怎样欢腾,
烧焦的土地上,有多少蝴蝶又飞上花丛!

呵,蝈蝈,你喊起他们吧!
在升起笔直的青烟那边,
早饭已经熟了。

1941年9月24日,于易县铁管沟门反"扫荡"中

山

——秋季反"扫荡"诗章之九

这山呵——
随便一阵风
都可以吹落它岩石的碎末；
不知道它在这儿
沉默了几万万年了。

可是，今天，
当敌人的枪声在山那边响起的时候，
这个古老的家伙呀，
我听见它学着老太婆的尖音喊道：
——哟，把东西坚壁起来哟！

1941年9月24日，于铁管沟门

荒 谷

——秋季反"扫荡"诗章之十

我躺在石头和谷草搭成的小屋外,
荒僻的深谷呵,
这么小的天,
我数了数,
只有风快吹落的十三粒星星。

近处有棵栗子树,
孤独地沉默着,
不知站在这里多少年了……

呵,你这听见鸟声已看不到飞鸟的
窄狭的深谷呵,
我问你,什么人来过,
来看看小屋里褴褛的人?
虽然,你不比我家乡的大平原
更少地饮了农民洒落的泪水呵!

而我们八路军,我们带枪的人,
今夜来了,
我们站在山顶上,
睁着小拳头般的眼睛,
向烟火烧红的四周警戒,

也拥在你草屋的墙外安眠。

呵,荒僻的山谷,小屋里褴褛的人,
呵,我们的朋友,
你知道么?
我们要带你到
你做梦也没到过的地方,
你这荒冷的地域和度着困苦生活的人!

      1941年9月23日,于易县铁管沟

在石缝里,我笑着……
——秋季反"扫荡"诗章之十一

一

在敌人包围的网里,
在一声枪响也没有的可怖的午夜,
临近山顶的绝壁挡住我,
我一个喘吁吁的突围的病人。

我也奇怪,我竟是这样地镇定,
我细心地、有次序地
拔完了一条石缝里的荆棘,
躺在那儿,
看看我的手,也没有几处流血。

我为我的镇定和智慧而喜悦了,
生命在刺刀尖上,
他还记着马克思书页的声音——
用怎样的精神
去改造他自己的周围……

二

在石缝里，
冷杀害着我；
黑云像江流一样，
从远山涌到头顶；
大风好似故意地
扫走我辛勤拔来用以遮身的秋草。

忽然，星星跌落了，
打着我的面颊，
我用手一摸，冰冷冰冷，
顷刻两脚沙沙地踏过了山崖。

雨烟里，我毫不迟疑地起身了，
披上我的被子，
仍然镇定地拔草，
盖住我石缝里的病的身子。

于是，我又为我的敏捷而喜悦了，
对面山上你不配杀死我的
　下贱的家伙们，
天晴了，你用刺刀来搜寻，
也搜不出你的可怕的敌人。

三

而强风又把我遮身的伪装夺去了，
天也渐渐亮起来，
战栗在湿透的衣被下，
我望着下面敌人即将走来的大路。

我忧愁了,但我并不慌乱,
只是平平静静地思索,
我知道我是谁,什么在支持我……

像蚂蚁负着过重的面包皮,
我搬来一块大石放在脚下,
那么兴奋而又吃力,我喘着,
对面忽然起了枪声……

我端坐在石缝里,
我想着,今天该有一件什么事要结束了,
我望望又宽又大的天空,
望望又宽又大的土地,
忽然觉得我还没有出够力量呢!
但是我望望脚下的石头,
想起它随时都可发出仇恨的吼声,
在石缝里,我又微笑了……

1941年12月13日,于松山

诗 没 有 死

——秋季反"扫荡"诗章之十二

当我突出了重围,
重又拿起了诗笔,
诗,我的诗呀,
我像遇见千里外的亲人了,
我们分别了几多岁!

我喜爱的,我的诗呀,
我的奔放的马,
你永远和工农一起
欢腾跳跃的马,
今天呵,我挽着你的绳缰,
想去踏遍那山峦上的云霞。

马呀,我知道你为什么
跟我这样亲近,
竖起长耳,
发出欢叫的声音:
这是因为我眼望着死亡,
傲慢地将它跨过;
我没有动摇,
真理没有离开我。

而假若面对着刺刀，
我的意志堕落了，
诗，我的诗呵，
你不过像一片败叶
死于污泥，
你叫谁人去哭你！

呵，马，
让一看到你狂奔就快乐的驭手，
我用大手掌
来理理你的鬃毛吧。

宽阔的秋风吹哟，
我要跨上马，
奔驰过痛苦的大地，
跃上那山峦上的云霞！

1941 年 10 月 4 日病中归队后

最高的塔

——秋季反"扫荡"诗章之十三

太阳,
不要装饰他,
他就是太阳。

狼牙山五壮士呵,
我为你
唱一支最淳朴的歌。

我听见农民们唱的五壮士之歌,
随着宽大的风音升起了。

为人民歌颂的战士呵,
你们听见吗?
这淳朴的粗憨的歌呀,
在你们所爱的土地上流着……

听见了,你们一定会笑吧,
因为你们虽然不是为了人民的歌,
但却为了此刻正在歌唱你们的人了。

"为他们
建筑一座塔!"

——聂司令员说。

许多同志都说：
"动手吧！"

因为塔的建筑者——
正是他们，
他们以无比坚贞的金刚石，
在晋察冀，在我们每个人的心里，
树立起一座
飞散着最美丽的火星的塔。

"为他们
建筑一座塔！"
——聂司令员说。

许多同志都说：
"动手吧！"

因为他们
在历史上，在世界上，
已经建立起一座最高的塔。
我们是给这样的建筑师
建筑塔呵！

给这样的人建筑塔，
我们——
不以酸涩的泪，
而以同样忠贞的金刚石，
　用生命最明亮的火花，
为我们伟大的民族，
我们建筑

向着新世界新人类微笑的塔。

        1941年除夕灯下

第四辑

好夫妻歌

春天,苦战的阵地

一

春天,春天的菜盆
筷子在久久地彷徨;

春天,春天的人们,
梦里会餐,
咬伤了自己的臂膀。

春天,春天的黄昏,
一个班写字,
围着一盏子弹灯;

春天,连被诗句袭击得难以安眠的诗人,
吹了号音,
也只得吹灭菜油灯小小的火苗,
睡在炕上组织他们的诗……

呵,
春天苦战的阵地呵!

苦战的阵地,春天来了,

刺刀边,
桃花燃烧起旺盛的火,
顽强的力量在生活。

苦战的歌声呵,
四外响着,
你听柳树林那边,
歌声在响……

二

是谁在唱,
歌声这样的粗暴,
这样的响?

是谁在唱,
震得黄色的烟尘,
飞扬在路上?

这是北风呵,
在鞭打着晋察冀艰难的路;
这是战士打柴队,
腰里捆着粗绳,
拿着镰刀冲上山梁。

看呵,战士话也不说,
杀得山草在身后倒下,
像冲锋一般,
镰刀碰上山石,山石乱冒着火花。

北风呵,
你吹得山草倒地躲避着镰刀,

战士还是这样猛烈地向前进攻；

北风呀，
你看战士的面孔，
那圆大的汗珠在嘀嗒！嘀嗒！嘀嗒！

是谁在喊，
"天怎么这样的热呀？"

"这是咱们的煤火炉呀！"
大家在高声回答。

煤火炉呀！煤火炉呀！
北风呵，你来自雁门关外，
但你吹不走春天，
你看在如此苦寒的山岭上，
同志们的汗珠在嘀嗒！嘀嗒！嘀嗒！

三

是谁在唱，
雪落在中国的土地上，
寒冷在封锁着中国呀！

这是春天，
而鹅毛大雪还在降落。

天已经黑了，
山风呼呼地吹着，
大道上怎么还有人行走？

这是辛劳的战士呵，

背着粮食，
在雪地上走着。

"支书呵，
我替你背背吧，
你刚负伤不久……"

"不！快到了。"
那走在前面的人，
仍然艰难地走着。

是谁在唱，
雪落在中国的土地上，
寒冷在封锁着中国呀！

而这是春天的冰雪呵，
他的鞋走掉了，
他还不觉得，
两只黑红的脚呀，
踏出深深的雪窝……

四

呵，这是春天苦战的阵地呵，
我的同志是无敌的！

阵地前，被火烧毁的茅屋边，
桃花盛开着，
像天上的红霞
落在山脚。

同志呀，

唱起我们坚定的、沉着的、无忧的歌吧，
虽然这是苦战的阵地，
但这是春天，我们要唱春天的歌曲。

同志呀，
唱起我们准备激战的快乐的歌吧，
让我们回答胜利召唤的歌，
在苦战的阵地上
向前进发……

1942年3月，于岭东

诗,游击去吧

序

苦战的季节呵,
七月里,山还不曾绿。

茅屋盖着悲叹,
晋察冀多石的山路上,
开始倒下饥饿的人了。

悲叹声唤着同志,
破窗洞伸出来黑骨头,
拉住了同志的手。

破犁耙躺在田园,
野菜也将枯死,
沙滩在干涸的河边叹息,
太阳烧焦了树林。

人们,
眼里燃起红色的云翳,
泪也流不出,
太阳呵,

也在折磨我们苦难的民族。

而此刻,
漫天的黄风袭过来,
树木摇荡着,枝叶将触着地面,
战争又来了……

诗,游击去吧

战争,难解难分的复杂的风暴,
又飞旋在晋察冀。

"红杨树①呵,"司令员说,
"给你十几个同志,
带着你的诗游击去吧!"

呵,在这样的时候,
连山里的石头,
也难忘今天的苦难,
你们还忘不了红杨树,
你们还要他的诗。
诗呵,游击去吧,
永远不要叛变;

游击去吧,诗呵,
时时刻刻想着
怎样去报答人民。

---

① 红杨树:作者当时的笔名。

战　刀

红杨树呵，报答人民，
记清楚，
人民不仅养育了你的诗，
人民在饥饿里也养育了你；

记清楚，
在这苦战的年代，
你应当把智慧也用于战争，
把战争也当成诗。

比粮食还缺乏，
战士爱一粒子弹胜过珍宝呵，
你就拿起这把战刀走吧！

刀很长，银光闪闪这么锋利，
这是缴获敌人的，
上面人民的血早擦干了，
你拿上它，去试验你的忠贞。

诗呵，有一天或者黑夜，
当红杨树倒在血里，
你哭也好，笑也好，
但你总该欢喜；

因为，他没有违背自己的誓言，
而你也真正有了生命了，
连黑夜都不能不感叹他的美丽，
年轻的诗也有了最美丽的一章。

地　形

诗呵,带上战刀,
带着你的十几个同志,
游击去吧!

一路走一路要留意地形,
沿着你住在这里几年
但还不甚熟悉的
晋察冀大山错综的脉络。

虽然,个人牺牲在哪里,
都是舒适的;

哪条脉络,
没滴洒过人民的血泪?
哪条脉络,
不是在晋察冀,
在受人压迫的中国?

但为了战胜敌人,
诗呵,带上战刀,
带着你的十几个同志游击去吧!

一路走一路要留意地形,
沿着这养活你几年
但你还不甚熟悉的
晋察冀大山错综的脉络……

1942 年 7 月 16 日,于岭东

深夜,我渡过溪水去敲门

敌人来了,
深夜,我渡过溪水去敲门:

呵,乡村,
我的乡村起来吧!

(呵,请听,
子弟兵在推你的柴门,
柴门上响起叮咚的铁铃。)

我知道,你的沟渠修好了,
水在里面静静地流;
麦穗的青芒飘荡着,
已到了扬花时候;
你的女儿把纱纺好了,
正准备送到合作社;
浓密的绿荫护着你,
草香和山雀的鸣声饮醉了你;
乡村哟,
你正甜睡在根据地的芬芳里。

可是,乡村,起来吧,起来吧,
你的灾难还没有完,

尽管你挣扎着从凶荒的年月复苏，
但敌人还是不能放过你，
直到你生机的断绝。
呵，我的乡村，起来吧！起来吧！

（呵，请听，
子弟兵在推你的柴门，
柴门上响起叮咚的铁铃。）

呵，你看对岸：
山里红的花正在谢着，
桃儿的青实默默长着，
梨儿已经像山雀的蛋，
柿树的黄花落在水潭里，
茅屋又渐渐整齐了，
小学校又飘出歌声了，
而此刻呵，
一切又倒在血泊里……
呵，乡村，我的乡村起来吧！

（呵，请听，
子弟兵在推你的柴门，
柴门上响起叮咚的铁铃。）

呵，你看对岸：
大火正烧得通红，黑烟升腾着，
屋梁倒塌着，瓦片哗哗地落着；
有的房屋被拆毁，
挖出的衣物和泥修成堡垒；
人民，你的人民，
倒在他们将要收割的麦田里，
羊圈里，山坡上，

和他们走熟了的大路两边；
背上被剜得稀烂，黑血凝在地上；
赤露的尸体晒红了，又变成紫色黑色了；
有的全家被消灭，有的剩下了寡妇和孤儿；
死尸还散在山野，
看吧，乡村，我的乡村！

（呵，请听，
子弟兵在推你的柴门，
柴门上响起叮咚的铁铃。）

乡村呵，起来吧，
快配合我战斗。
你既为炮声所惊醒，
你就不能麻痹倦怠；
你即使被消灭，
也不能忍受屈辱。
呵，乡村，我的乡村快起来！

（子弟兵推柴门不断发出喊声，
满村的柴门一片叮咚的铁铃。
乡村醒来了，人们纷纷走进山沟，
游击组抱起了地雷，
处处山头站上了英俊的哨兵！）

1941 年 4 月 16 日，于张官铺

羊 铃
——春季反"扫荡"诗章之一

一

是爽爽的羊铃响呢,
是爽爽的羊铃响呢,
高崖上树木静立着——

宿营地哟!……

拧拧湿军衣,
在遮满山岩的白花下,
走进茅屋,
那白花总碰碰红色的脸呀。

炕上,田下①,
横竖是同志的肩膀,
枕着睡吧。
后来者
就站在门口睡着了,
背上的雨水在滴着……

---

① 田下:当地人对炕下的俗称。

二

屋外是淅淅的春雨,
屋里是红艳艳的灶火,
大嫂坐在火塘边,
周围是呓语的小河。

一会儿,她要舀水了,
一会儿,她又要淘米了,
小孩子,你可别哭呀,
看你妈妈正在做什么。

这里是湿淋淋的枪支,
那里是一双双泥脚,
"同志,别让我踩着你呀!"
她望着脚下轻轻地喊着。

不是不理她,
是我的同志没发觉,
语声呵,像落到山岩上的春雨,
而春雨谁还管它落与不落……

三

窗外,深谷的泥水里,
队伍又走过来,
大约停在白花下。

"有房子么?"
"有房子么?"
"早满了。"

"唉！……"

是谁在叹息，
还咳嗽呢，
大嫂又走出门外。

羊栏的门响了，
羊铃也响了一阵，远了，
叹息也消失在雨声里。

四

"同志，别让我踩着你呀！"
她走进门，又烧起火，
火光里，她的头发
成串的水珠在滴落。
锅里的白烟升腾着，
她喊："同志，饭熟了！"

屋里，响起了歌，
外面，
队伍还在过——

走向那羊铃爽爽的地方，
走向那管它春雨落与不落……

1942年4月27日，日夕时写于牧兰沟北

好夫妻歌

一

乱尸里,我发现了你,
狼山上,你们一对好夫妻。

朋友呵,你死了怎么还睁着眼,
大嫂呵,怎么掉了一半头发在污泥里!

大嫂呵,你的衣裳怎么撕得这样烂,
朋友呵,你手里怎么还握着荆条子!

呵,你们纯洁的血液流一起,
狼山里,倒下一对好夫妻!

二

四年前,我头回来到狼山里,
就遇见你们这对好夫妻。

朋友呵,你给我挑了一挑儿甜泉水,
大嫂呵,你抓把山茶放到开水里。

当我说声谢谢你,
脸红了呵,你们还是一对小夫妻!

而今死在狼山里……

三

三年前,当我负伤在狼山里,
昏沉沉,又遇见你们这对小夫妻。

朋友呵,是你把我背回你的家,
大嫂呵,是你把紫葡萄一颗颗放到我嘴里!

如今呵,你们遭难我不在,
今天惨死在狼山里……

四

几月前,我又转到狼山里,
你们已经生了儿,正在过着苦日子。

大哥呵,你那天到山里采药去,
大嫂呵,你在家流汗蹬着织布机。

眼看着正要把荒年度过去,
可是呵,被敌人打死在深山里!

你们的幼儿哪里去了?
对我说呀,你们这对好夫妻!

五

好夫妻,好夫妻!
狼山里,你们这对好夫妻!

枪在我的手里直发烧,
热泪滚到我心里!

要不用敌人的头来祭你,
我情愿死在狼山里……

  1943 年 4 月 17 日,于易县张官铺村反"扫荡"中

保卫我们的老家

一、家　乡

一年前,我曾接到了家信一封,
我听见,黄河南岸的平原上
充满了骚乱与哭声。

我生身的家乡呵,
十户有九家断炊烟,
祖母呵,你也在饥饿之中离人间。

今年呵,我的家乡更骚乱,
一只只狐狸呵,
也都佩上了徽章踞政权。

十室九空的村舍呵,
我家乡的人民在东流西转,
我得不到家信又是一年。

二哥呵,我的失业的工人,
你难道空着双手奔他乡?

伯母呵,你蓬着稀疏的白发,

你至今流落在何方?

家乡呵,我的灾难的家乡,
提起你使我愤怒又悲怆;

听人说,你在饥荒中竟吃人肉,
大街上又在卖儿郎!

二、第 二 家 乡

延安,让我大声地呼唤你,
我的第二故乡。

让我向你深深致敬,
我的领袖、同志和友人。

延安呵,你虽不是我生身的地方,
却是我新生的地方。

家乡呵,你曾使我的生命憔悴,
延安呵,你却使我的生命辉煌。

家乡呵,你只教会我仇恨和忧戚,
延安呵,你却传授我真理之旗。

而今天,丑恶的魔鬼们,
又准备进攻我的第二家乡;

隆隆的炮声呵,
日日夜夜在我的心上震响。

起来吧,起来吧,

我在远方向你焦急地呼喊：

这幸福地域的一切，
都值得我们用生命去保卫。

保卫陕甘宁，保卫毛泽东，
保卫我们全党的智慧之花；

同志们！勇敢地痛击敌人吧，
你们一定要保卫住我们的老家！

1943 年 7 月

第五辑

越过堡垒线

在抗日战争中期，敌人为了加强对我抗日根据地的封锁围困，在我晋察冀边区周围，筑了数千座碉堡，并以封锁沟、封锁墙相连结，形成了绵密的封锁线。1943年，敌人对我北岳区进行了连续三个月的残酷"扫荡"，我子弟兵主力除在山地与敌鏖战外，派出不少游击队突破敌人的堡垒线，向"敌后之敌后"挺进，以配合主力部队粉碎敌人的围攻。此次反"扫荡"后期，作者也随部队越过线外，到达敌占区活动。本辑所收各篇，就是这次活动的印象。

越过堡垒线

星星、堡垒和犬吠，
星星、堡垒和犬吠，
头道壕的更梆敲乱了；①
星星、堡垒和犬吠，
星星、堡垒和犬吠，
雨点般的更梆呀，
敲碎了堡垒里多少颗心！

1943 年 11 月 22 日

---

① 在敌堡垒周围，有打更的更夫彻夜巡逻，发现我军行动时，则以纷乱的梆声报警。

闻　哭　声

月色朦朦，
平原上飘着哭声。

她哭呵，
在剔抉队①的马前，
她被砍掉了左臂。

她哭到段旺②，
血流到段旺，
她哭到巷北③，
血流到巷北。

她哭呵，
月色朦朦，
平原上还飘着哭声；

哭声呵，
老妇人哭声悲凉而愤怒。

---

① 剔抉队：敌人的搜剿队。
② 段旺：河北满城县村名。
③ 巷北：河北满城县村名。

行进的队伍更快了,
平原上飘着哭声,
月色朦朦……

    1943年11月22日,于满城地区

寄回山地(一)

平原上,
我听见我的山地在震响着。

看,看不见烟火。

山地呵,
你还是那么庄严和奥秘,
满身披着紫微微的云气。

大雷的音浪,
一阵阵,滚动在那里。

是地雷在暴怒么?
是山地的兄弟在鏖战么?
还是敌人炸石头,
把碉堡要筑在我们的山村?

山地呵,
封锁沟这边的儿子在记挂你。
记挂你呵,
一黄昏,
你的儿子就要出击。

1943 年 11 月 10 日,于满城某村

寄回山地(二)

山地呀,
我是在大栅栏门里来望你呢;①

望着你,
你的儿子们
笑吟吟的。

街上,
就是抱幼儿的妇女,
也在微笑;

望着那
装满敌寇死尸的汽车,
从山地
一辆辆拖向远方。

山地呀,
黄昏了,
小屋子里还在谈你呢;

地雷的神话,

---

① 在敌占区活动,白日隐于室内,哨兵设在栅栏门里。

使我们都披了彩色,
闪动在平原……

1943年11月10日,月夜行军构思,晨记

伏 击

嗨,工兵班长,
你听着!

木板、小锉和小锯,
我给你准备好了。

这是老大娘,
用空心的秫秸棒儿
捎来的情报:

小山那边,
日本人的大队汽车,
就要来到。

你听呀,
大路两边,
芦草呜呜,
队伍早已埋伏好;

只有一两只水鸟,
噗啦啦
向东飞去,
明光大路静悄悄。

班长呀,
快锯好地雷的踏板吧,
你的锯声,
多么好听;

若是在邻家,
准当作春天的蜜蜂,
飞进花丛。

班长呀,
你瞅不见:
队长在你脖儿后,
瞅着你尽自微笑。

别担心,
屋子里灯头小,
外面月色很好。

哦,哦,
游击组在门口咳嗽呢,
一切都停当了。

班长,班长,
快去埋伏下——
这两个笨里笨气的"勇将",
我们是来者不饶!

1943 年 11 月 12 日,于反"扫荡"中

叩 门

妈呀,开门,
咱们的人回来了!

启明星就要升起,
打谷场上,
落满了霜。

妈呀,
同志在荞麦堆边,
还呆着呢!

我也跟去袭击啦,
月朦朦,
趟过外壕,
我们的全身都湿了。

妈,瞧瞧我们得的枪吧,
你瞧这挺歪把子,
蓝灿灿的!

我们还捉来活的了:
那个,那个常来收税的东西,
还有那个瘦脸书记,

也在这里。

妈呀,披上衣服,
就开门吧!

咱们的人,
正打哆嗦哩,
荞麦堆边,
落满了霜……

   1943 年 11 月 25 日,于满城野外反"扫荡"中

小小风暴[①]

一

黄昏小雨中,
堡楼烧得一团红。

村边柳树下,
隐隐地
流出笑声。

笑声呵,
这是敌占区农民的笑;

笑语声,
粗野地
奔过小桥。

二

火势不减,

[①] 敌人构筑的堡楼,一切均自民间勒索而来。堡楼经我八路军烧毁后,农民纷纷将房屋平毁,物资搬回。此诗即记载其事。

哪管细雨萧萧下；

堡楼的尖顶流泻着，
一只只枪眼，
扬着火舌也滴落血滴。

堡楼，
连带楼中人，
你们今天再不寂寞；

你们听，
这五十亩嘈杂的世界，
向你说些什么。

三

听吧，
"我的牙没有咬碎你，
一把火可烧尽了你！"

听呵，
"今天八路军的火，
可治好了我这块心病！"

那是谁，
一面动手拆房子，
一面愤愤地骂：

"为了这些椽子，
你打得我浑身是血，
满街鲜红。"

那是谁,
把大青酒瓶猛然摔碎,
痛哭失声:

"他妈的,
你叫我跪到那儿
顶着酒瓶!"

忽然间,人群里,
起了一阵喧嚷;

嘈杂的人声,
腾起一片焦急的波浪:

"喂喂,别乱摔嘛,
那口锅,那是我家的锅!"

"是呀,这么乱干什么,
那口缸,是我大妈她家的缸!"

"咳咳,你不早说,
早就把我恨急了;

"为了这王八窝,
要伕、要钱、要粮的条子
贴了我满满一墙!"

雨声潇潇,
我的农民们
还在嘈杂嚷吵;

枪声停止了,

平原上
没有停息复仇的风暴！

四

在这嘈杂声之外，
有一位老人含着热泪；

他心事重重，
沿着沟沿儿来来回回。

泪在他的眼里滚，
冷风一吹，
泪也没有落下；

不落也好，
为这块地
泪早已洒遍了他的破家。

他看着他的地，
两道深壕，
风吹乱了蓬蒿；

又看看堡楼，拭去老泪，
他不是哭，
是计划他的来日。

五

午夜，风雨更狂了，
大半边堡楼，
溅着火滴倾在地上。

乱纷纷的火花呵,
散落在水泥里,
嗞嗞地响。

人们不再嚷吵了,
碗,勺,筷子,
塞得满怀满腰;
梁椽也要扛回家呀,
风雨里,
椽头上还冒着小小的火苗!

      1943年11月23日,于满城某村

线外歌者

敌占区,
也响起了美丽的歌。

六岁的春儿呀,
你是线外美丽的歌者。

当我一个便衣军人,
要你唱一支歌,
你用狡猾的眼睛注视我:

"麻翼雀,尾巴长……"
只唱你那母辈们的忧伤。

当我亲你的刘海,
要你换一支歌;

你又唱起
"河里开花河里落……"

春儿,你知道,
我是想听你那美丽的歌的。

而当我要你换一支新歌时,

你踟躇了。

你反复地唱着:
"孩儿离不开娘,
瓜儿离不开秧……"

"唱下去呀!"
你的眼睛搜寻着我,
贴着妈妈的耳朵,
咕哝着什么。

"唱下去吧,
这是同志!"

呵,春儿,
你才摆动着小花袍走向我,
两只小手抱着我,
仰着小脸儿,
用眼里最美丽的光彩照着我,
然后启开你的小口歌唱了:

"……
我们离不开共产党,
共产党!共产党!共产党!"

呵
美丽的歌者,

你唱着,
双手还摇着我;

美丽的歌,

震得我的灵魂嗡嗡响着。

呵,春儿,
我代表我的组织,
欢喜得颤抖呀!

呵,春儿,
从你我看出一个聪敏的民族。

我抱着春儿,
挎着手枪,
在院里快乐地行走;

春儿呵,春儿呵,
你真是线外美丽的歌者!

1943 年 11 月 22 日

第六辑
黎明风景

黎明风景

有一种鸟，
我不知道她的名字；
当我听到她的鸣声，
大地就降落了黎明。

苦战的人们呵，
你来听听，
她此刻正放出快活的鸣声……

——小引

第一章　夜

一

在天将黎明的时分，
我想，
你听过这种鸟的欢唱；

她年年月月，
迎送着我们，
到处的山岩都是家乡。

她不像白鹤，
飞到天外，
还恋念着一池静水；

也不像紫燕，
为了小小的窝巢，
一生奔忙。

她不像黄莺，
只在春暖花开时，
才歪着脖儿谈长论短；

也不像八月的雁群，
还没有细听霜风起，
就一路悲啼着斜向南方。

她呀，更不像巧嘴鹦鹉，
穿着花衣，
只在富丽的庭院卖唱；

也不像娇贵的凤凰，
在海外仙山里，
误尽了青春的时光。

她呀，
她只爱那走向黎明的队伍，
她是一只黎明的鸟；

哪怕走到天边，
她也要跟着我们
把黑夜叫亮。

她飞过了多少高山大岭，
又飞过了多少
血迹斑斑的道路；

她的羽毛，
同我们的红旗一样
挂满重露也挂满寒霜。

看哪，我们的连队，
自开到长城边，
她又站到这荒冷的崖上；

就是蒙古风
把她的翅膀折断，
她也要把吹散的羽毛，
献给太阳……

二

黎明的鸟，
她唱起了第一声。

长城边，
这里的天色还没有明。

这里，无尽的荒山呵，
远远近近，
它为什么这样荒冷；

山风悲啸着，
卷过来
断断续续的狼嗥声。

这里，
房屋被日本兵烧完了，
熏黑的断墙里，
粗乱的蓬蒿长起；

这里，只有那
白骨的磷光闪烁着，
似乎说"这就是我的美丽！"

黎明鸟呵，
夜色这般深沉，
为什么你把歌喉扬起？

请你对人说，
你是从哪里
得来了黎明的信息？

黎明鸟不回答，
只向着一带石崖飞去；

哦，石崖边，
原来有走向黎明的队伍，
驻扎在这里。

是他们搭成了席篷帐，
席篷帐顶，
悬着哨香；

果然，黎明不远了，
红色的火星，
延烧到最后的一支。

漠风吹得席篷帐呜呜地响，
哨香摇晃着，
但它并不熄灭；

是它呵，
正用燃烧的生命，
捎来了黎明的信息……

三

漠风这样冷，
但这正是春夜呢；

春夜里，
就是小雪飘来，
为了辛苦的哨兵，
杏花还是照样开。

它开，
不怕人说它不美丽，
荒凉的美丽也是美丽；

它开，
在塞上，在寒冷的地方，
它开，它是有力的。

顺着两三棵杏花树，
我往前走，
哪怕困倦千斤重；

这是最后的一班哨呀,
警戒线上,
最重要的时分就是黎明。

四

我走着……
后面有脚步声,
沙沙地响;

我摸摸驳壳枪,
苦战的阵地内,
什么也得提防。

哦,你看他走过来,
腰插着驳壳枪,
脚步多么轻捷;

星光里,
他的脸多沉着,
又干,又黑,
像一块钢铁。

"连长呵,该我查哨呢,
请你赶快回去!"

"不,我也到哨上看看,
你看天快黎明了,
敌人有可能拂晓袭击。"

呵,你熬红的眼睛,
夜夜守望着

我们可爱的晋察冀;

它像晋察冀的夜,
从没有真正的休息。

风沙卷过来,
饿狼又在悲嗥;

我跟我们的连长,
站在一起。

五

在夜里,
我们无时不把黎明想起;

而在今夜呵,
晋察冀的石头路,
就要铺上银色的晨曦。

等待这神秘的日子,
多少生命,
带着宽大美丽的梦
憔悴、战死……

连长呵,我们边走边谈吧,
我们走向黎明的故事,
是说不完的。

六

"少年时,

我爱过邻家的一个女工。

夜夜,
我守着困倦的人儿,
用我的诗句呼唤黎明。

诗呵,我痛苦地鞭打它,
我那抒情的野马,
滴着泪,它也不愿前进;

汽笛又响了,
我知道把她累死,
痛苦也不会饶恕穷人。

我喊:
'起来吧,起来吧,
汽笛响了,
你快醒一醒!'

困倦的人儿呵,
没有回应,
只有凄厉的汽笛
叩着窗棂。
我狠心推醒她:
'拢拢头发,
　　装起这块冷窝窝你就走吧!'

我送我的瘦女工,
走向街道,
只有老树在夜风里喧哗。

……星星落了,

一丝淡青的黎明,
落上了她的乱发;

说什么黎明呵,
这不过是又一天
地狱的生涯!

回来,
燃着我贫穷生命的小灯,
还没灭呢;

焚毁了我的诗,
我走了,
我总要使我的瘦女工,
微笑地看见黎明……

而今天,
在晋察冀,
黑夜就要陷落;

我的连长呵,
我只有跟你在一起,
才能把人们
带向新的生活……"

七

"唉,那时我可不像你
在小城市里;

那时我
露营在草地的河边,

等候黎明。

夜就这么黑,
暴雨又来了,
大风怒号……

支着小雨布,
红色战士们
怎能度过整宵!

起身吧,
奇怪的河哟,
它是打哪里流过来,
发出震人心魄的怪响;

渡河了,人们背起枪,
背起小麦口袋和麦草,
雨又打湿了麦草,
我们背起全部战斗的家。

说起那河并不宽,
比不上易水、唐河,
更比不上大沙河;

急也急不过滹沱河,
你知道
滹沱河的水流,
有着黄河的性格。

但数不清的同志呵,
跨过千重山万道水,
却跨不过这条激流;

同志们，
眼看着
他们被黑沉沉的波浪卷走。

黑沉沉的波浪呵，
我看见
露出水面的手，
还握着他们的枪呀！

跟我一起渡河的小鬼，
他紧紧拉住马尾，
到中流，水流又推开他的肩膀，
也被卷到雾气森森的远方……

到今天，
我还忘不了那条河，
我还不能忘记他；

他小小的军号上，
总有着两条红绸飘飞，
不管风霜雨雪，
一路上嘀嘀哒哒地吹。

有一天，走着，走着，
他倒在地上；

'你们走吧！'他低声说，
眼睛睁不开，
小小的军号也躺在身旁。

'还有东西吃吗？'

他摇摇头，
我抓把麦子顺手一放；

过几天，
又听见他年轻的号音，
又看见他金黄的号筒上，
飘着的红光。

可是，
那条河……

你知道，
我们怎么过不去那条河？

那是我们饥饿呀，
又吃不到盐，
身上总发软；

走着，走着，
不知多少同志，
一批一批倒在路边。

倒下了，
有的眼还睁着呢，
胸口还有热气呢；

可是，不能管他呀，
哪像如今的晋察冀，
有我们的住家。

呵，过了河，
天就黎明了；

同志，我不像你，
我是这样走向黎明的。"

八

"指导员，
我们先到一排看看吧！"

转过山湾，
那边山顶上，
升起了闪闪的启明星。

我和连长并着肩膀走，
受过了黑夜的苦，
我们要迎接黎明的幸福；

我们都是黎明的人呀，
你听，
黎明的鸟又唱起了第二声……

第二章 帐 内

九

漠风吹落星斗，
它落到了什么地方？

这里，
席篷帐呜呜地响，
席篷帐又唱起塞上的荒凉。

悲歌呵,从荒凉的地带升起,
你听了若不哭,
那就必得立刻去拼死战斗;

那样荒凉,
又那般宽阔,
使祖国的儿女呵,
想起祖国的无边……

它唱,
几千百年,边塞的白骨满了,
但席篷帐
要继续拥抱着英雄的梦;

它唱,
英雄的血流红了黄沙,
风沙日夜呼唤自由。

席篷帐在悲歌,
它靠着大山的陡壁在悲歌;

歌音呵,
有时高也有时低。

歌音高了,
帐顶的席角呼呼卷起;

两边的树枝摇动着,
隐约里
像埋伏着激怒的人马,
将要出击!

歌音低了，
连群山也低下高昂的头；

山草默立着，
低洼的山谷，
在低低地悲泣……

一〇

席篷帐呵，
不困倦地吐着激情，
是谁在这里
搭成了你？

你不回答，
呜呜的声响停下来，
席篷帐下，
透出一片鼾睡的声息。

英雄们呵，
你们是从哪里来？
你们要到哪里去？

你们搭成了席篷帐，
在这寒苦的地方，
兄弟般地挤在一起，
透出一片鼾睡的声息……

一一

这是谁呀，

睡在席篷帐的门口?

你看被子也蹬落了,
同志,这是会着凉的!

哦,睡得倒很香呢,
脖儿歪着,
吐着粗朴的声息呀;

是你吗,牛二虎,
你这个涞源汉,
你来了,
扔开了那支悲啸的羊鞭。

你给主人喂肥了多少羊呵,
热风沙,
磨红了你的眼睛;

而今天,
拿起枪,
你说你要为革命做个长工。

连长说打柴了,
你抢过镰刀,
腰里用粗绳围上三匝;

管他半夜回来,
我们的长工呵,
恨不得把一座大山背回家。

唉,长工哪有家!
说起家,真叫人

三天三夜眼泪巴巴；

而今天，有了同志，
有了公家，
公家不也就是家！

什么事，
公家好，那就好；

而有一天呵，人说
你丢了枪上的来复线，①
红色的眼睛滴落泪水，
我们的长工不愿违背公家。

公家没有菜吃了，
牺牲睡眠吧，
到山上剜吧！

我们的长工呵，
背起筐，
兴冲冲，
他又当上野菜组长啦！

有一天，
警戒线上，
我们的长工暴怒了；

他痛打着一个人，
那人来劝他，
离开吃苦菜的地方，

---

① 连队里常拿这话跟新战士开玩笑，来复线刻在枪筒里面，它是不会丢失的。

劝他回家。

他挥着拳头,
粗暴地骂:
　"你想动摇我!
　　你想动摇我!……"

接着又报告上级,
真是活该,
那家伙不知道,
我们的长工有了公家!

呵,二虎呀,
你吐着粗朴的声息,
脖儿歪得多可爱;

仔细听,
你的鼾声,
像一首粗朴的歌儿,
苦难压不倒它的和谐!

漠风吹着,
席篷帐又呜呜地响,
连长把被子
给我们的长工盖在身上;

盖上了,又摸了摸,
我们的连长他嫌薄。

一二

我跟连长,

一齐进了席篷帐。

鼾声起落着,
流过一阵奇异的芳香。

哪里来的芳香呵?
芳香,
散满席篷帐;

哦,一大堆野菜,
一个小鬼枕着它,
他的呼吸也吹着芬芳。

哎哟,
是谁拔的呀,
这么绿,这么多!

生活在石缝里的
砂土上的野菜呵,
今天在席篷帐里来集合。

它们来了,
命运一样,
但各带着自己的武器呀;

那么亲密地扭在一起,
刺儿菜抓住野韭菜的腰,
锯齿菜的牙齿,
又衔住野蒜的胡须。

我跟连长
谈着明天有的吃,

笑得很低；

擦去土，
我把一棵野韭菜的绿叶，
含在嘴里。

一三

忽然，谁在喊：
　"我记住了……

　"不信，我给你说一遍，
　……我们的祖国，
　是个半封建半殖民地的国家……"

哦，这是谁，
我和连长扭过脸；

原是枕着野菜的小鬼呵，
野菜的芳香饮醉了他，
引得梦海起了波澜。

在哨香的微光里，
我望着那鲜红的孩子脸，
不由得向他走近；

忽然，他又喊起来：
　"前进直刺，呀呀……
　这样准
　准能刺死……敌人！"

说着，猛翻身，

把被子滚掉，
小鬼呀，你是做着什么梦？

小小的年纪呀，
你心里
有什么火星飞腾？

我望望连长，
连长也在对他微笑；

我轻轻地给他盖好，
轻轻地离开他，
别把我们的小鬼惊扰。

一四

梦的海，
继续起着波澜；

黑暗里，
飘起了一阵悲叹：

"我没有承认过错误，
但连长，我承认了……

"我不该因为
一个，一个……女人的饥饿
向困难低头。

"我在放哨，
她就来了，唉……
我用什么……将她援救；

"托人打探她,
直到直到……这时候,
她在哪乡飘流……

"我不该挂念……
耽误……工作,
连长呵,处分我吧;

"我相信党的话,
……黎明不远了,
革命战士不该低头……"

我熟悉,
这是二班长的说话声;

是我们的二班长,
他在作自我批评。

听了他的话,
连长脸上又不高兴,
我却低垂了头;

同志呵,
我听见了你心里的声音,
看见了你心里伟大的斗争。

你虽是错误很多,
连长骂过你,
也不能说不爱你;

还有你

对同志态度不好,
在家总跟母亲争吵,
我了解你,
你年轻,从前生活得贫穷……

同志呵,
不要太难过,
安静地睡吧;

我伸手给他盖好,
又抚摩了一下他的短发。

一五

兵营的夜呵,
平静也不平静;

战士的梦呵,
痛苦的,甜蜜的,
都在进行。

呓语的小河,
流转来,
又流转去;

站在门外,
你听吧,
高音的低音的像在论争。

一六

我的同志,

也有的睡得那么平静；

你看，三班长，
平常不讲话，
也不见他的梦海起着浪花。

沉默的中年人哟，
你虽不讲话，
我知道你的心胸是美丽的。

你不说话，
是你只记得别人的痛苦，
爱自己的同志爱在心里。

你的手，
给同志做过多少事呵，
此刻，弯着放在胸脯上；

你的宽脸呵，
贴着同志的肩膀，
真是越看越善良。

同志病了，
你把留作党费的钱，
悄悄儿拿去买了挂面；

又向房东赔笑：
　"我那热心肠的大娘，
　请给我一块热性的姜！"

炕头上热气腾腾，
一碗，一碗，

你给战士盛上,

汗珠啷当呵汗珠啷当,
挂面那样长,
里面还有着热性的姜……

呵,三班长,
你再睡会儿吧,
你看席篷帐已经透过了微明;

门外,这样亮,
黎明的鸟她唱到了第几声?

一七

我们走出帐外,
哪里是天亮了,
浩淼的银河还连着山顶;

哦,是对面的厨房,
有人点起了一盏灯。

好奇怪!
我和连长走过去,
灯火猛然熄灭了;

我们走进去,
这样静,
只有席篷帐顶系着风声。

连长激怒了,他喝骂着:
"娘的,这是搞什么鬼?"

还是没有回答,
隔半晌,
黑暗里送出一阵哧哧的笑声。

连长划一根火柴,
哦,原来是两个老炊事员;

面前摆着认字本,
亲亲密密地坐在灯前。

"你们净浪费油……"
连长息了怒,埋怨着;

"唉,连长,"一个说,
"给我讲讲吧,
我昨天搞了一天打柴的工作!"

我告诉了他,
"哦,'解放',哦,'自由'……"
两个人
像菜油灯一样嘻嘻地笑;

我们走出席篷帐很远很远,
还听见风声里:
"解放,自由……
解放,自由……"

第三章 哨 上

一八

天这么黑,
不管它
黎明前黑暗更浓;

黑长城顺着黑山岭,
弯曲地
伸进美丽的星空。

绿星的国土呀,
你是多么神秘和美丽!
我们的古长城,
仰望着你;

风沙里,
你看它手扶北斗,
怀藏着宽大的未来,
正在沉思。

在它的垛口上,
你绿色的兵将含着微笑,
但莫要自傲吧,
莫要和它的荒凉来比;

总有一天,
你会知道,
你和我们的古长城

谁更美丽!

多少年代的风雨呵,
既不能摧毁它,
它就要永远站立下去;

它不会忘记,
古老光荣的历史呵,
它光彩的未来,
谁能匹敌!

堡楼呵,
你虽然残破,
但也不要太寂寞;

看那边,
不远的山上,
有八路军的一个小哨①,
在那儿守着。

一九

"报告,班长,
　那边烧起一堆火!"

"哪里?"

"就在那长城下,
　贴着山边子,
　一堆红艳艳的火在烧着。"

---

① 小哨:一个排的兵力的警戒哨,军语称小哨。

"什么时候烧起的?"

　　"报告班长,
　　大风呵,眼都睁不开,
　　风过了,
　　我才看见一朵火焰在摇晃。"

　　"唉,你打盹了吧?"

　　"没有,班长,
　　我很想睡,
　　可是我没有睡着……"

可不是——
一堆火,明明灭灭;

火不大,
一忽收缩,
一忽又顽强地展开……

　　"哦,我去看看,
　　听见枪声,
　　你就报告排长准备战斗!"

说着,
黑影卷着白花花的刀光,
滑下山坡。

　　"班长,
　　不让我跟你同去吗?
　　你一个人……"

班长用手一摆,
顷刻间,
不见黑影与刀光,
只有夜色如海。

二〇

这时,我和连长
正打这个哨位经过;

四班长已经回来,
在哨上呼呼地喘着。

他喘着,
用他年轻的声音
低声地笑;

"那火,"他说,
"原来是惊兔子的呢,
那堆火,
烧红在牧羊人的帐角。"

"四班长,你跑得那样快,
你才是一只兔子哩!"
笑呀,连长拍着他的肩膀笑呀;

因为是警戒线上呵,
我们只是低声笑着。
我们转身,

走向别个军士哨①,
没有对四班长吩咐什么;

我们看见了两堆火:
一堆烧在牧羊人的帐边,
一堆在哨上,
在我们的年轻班长的心里烧着。

二一

这军士哨真静,
静得没有点儿声息;

也不笑,也不唱,也不抽烟,
真守警戒线上的纪律。

嘿,怎么还不问口令呢?
我们走进军士哨的阵地;

哦,天呀,
原来你们班里全睡着,
这儿除了鼾声,
没有一点儿声息。
班长呢,
哦,你原来在这里,
头枕着战士的脚;

困倦的人们呵,
晚饭也没有动,
黑豆面掺着野菜的饭团,

---

① 军士哨:一个班的兵力的警戒哨,军语称军士哨。

还好好地搁在一边。

这时候,
我又忙转到了步哨上;
哦,天呀,
枪靠着右肩,
人靠着大石壁,
这儿也静得没点儿声息。

"喂,起来吧!起来吧!"
我喊着,
枪支吧哒倒下来;

你们看,风把你们的帽子吹落了,
你们也不理,
你们睡着了,
你们静得没有一点儿声息……

二二

"你们都睡好了吧!"
连长怒视着
这一列匆忙排起的小队;

碰着我们的眼光,
刺刀
也像在惭愧,
十几个头颅呵,
静静低垂……

一个说:
"临吃饭我抓起碗,

我想,歇几分钟再吃吧,
以后我就迷糊了……"

一个说:
"我也是,我下过哨,
坐了一会,
想不到我会这么瞌睡……"

"你呢,五班长?"
连长追着,
"你也说呀!"

五班长,他不回答,
星光里几粒晶亮的露珠,
滚到双颊……
"一定要受处分!"
连长挥着拳头,
驳壳枪卜浪卜浪地
从我面前闪过;

奇怪的眼泪,
悄悄地
爬上我的眼角……

二三

同志呵,
在这苦战的阵地,
我和你都曾犯过错误;

然而,党引导着我们,
用母亲也用父亲的心,

想把我们渐渐地变成完人。

同志呵,勇敢地向前走吧,
我们攻击黑夜,
也向自己开拓美丽的世界;

勇敢地改造世界,
也勇敢地改造自己,
才能叩开历史上最壮丽的大门。

我们的心不是荒芜的田亩,
它激荡着痛苦的海水,
它生长着仇恨的树呀;

而地狱底层的砖石,
也压着
我们智慧善良的心。

我们敢于掀去它呀,
同志,这也是
世界上最珍贵的勇敢;

需要这样的勇敢,
对待它,残酷和无情,
也像对付敌人!

不要怕,
我们掀去它时,
痛苦像撕裂着魂灵;

革命给每个战士
准备好的伟大的人格,

都要在痛苦里来完成！

五班长呵，
老共产党员们，
对我的灵魂，
也有过严肃战斗的夜晚；

我的灵魂，
像咽喉上插着尖刀
曾痛楚地悲嚎。

虽然，我当时咬着牙，
我是那样怨恨……

可是我忍受了
那难以忍受的痛苦，
我的心才变成
一张忠贞、智慧的歌琴。

同志呵，
向自己开拓美丽的世界吧，
你看天将黎明了；

让我们心里黑夜的暗影，
快快陷落，
我们才能成为黎明的人！

潮湿的夜雾，浸湿山岩，
浸透了我的军衣；

前面哨上，
什么时候起了争吵……

二四

哨兵前，
弯着一条艰难多石的小路；

夜色里，一个老头儿
背着破包袱，
还牵着一个瘦弱的小孩。

老人像要往哪里去，
胡须颤抖着，
向哨兵哀求什么，

那哨兵拦着他，
可又显得那么为难。

哨兵说：
　"老乡呵，
　你家是哪里，
　我想你还是回去；

　"你们逃荒，
　别再去那里，
　那边就是敌占区，
　是中国人的牢狱，
　中国人的坟……"

　"同志呵，
　同志的话我明白……

　"那边是中国人的牢狱，

中国人的坟……

"可是呵,
年上个,
鬼子把我的几亩谷子喂了马;

"他们又拉走我的大儿
和我的黄牛,
我两手拉不住我的大儿呀,
也拉不住我喂了多年的黄牛……

"同志,你说,
我的大儿,
我死以前能不能再看看他;

"听说,他被运到'满洲',
可是我老头儿,
我只会梦见他,
我知道哪儿是'满洲'!

"同志呵,
政府好,乡亲也不能不算好,
他们挤出粮食来,
养活了我们一冬天;

"可是呵,
大旱又来了,
一片白地,
你叫我们怎么生活!

"吃树叶
盐也没有,

吃肿了我的脸；

"老天不落雨，
野菜也不长，
我的孙子去一天，
野菜弄不回半篮。

"孙子哭着,媳妇哭着，
我说哭什么，
人既生下来就不能怕死；

"饿了几天，
孩子的母亲就死了，
同志呀，
我们苦曳了一辈子，
我们谁有饿死的罪名！

"同志呵，
我们是没法子，
我们还要……我们还要……

"老骨头扔到哪里
也不打紧，
可是我要对得起我的大儿，
我要把这个……
这个没有父母的孤儿养活……"

老人再也说不下去，
连那个小孩子
也起了呜咽；

漠风把哨兵的泪，

吹上刺刀,
泪一颗一颗,
顺刺刀向下静静地流……

那边连长唉叹着,
叫端出五班没吃的饭;

小孩子手抓着
吃了很多,
老人又背起破包袱,
一跛一跛,
军士哨默默地
看苦难的父老转过山湾……

二五

转过山湾,
不久,还是那石头路上呵,
他们又转回来;

还跟来一个
快要跌倒的女人,
像一株柳树,
在暴风雨中摇摇摆摆。

这瘦小的女人,
猛然跌坐在哨位上,
用衣角掩住了脸;

老头儿沉默不响,
背着人们,
仇恨的眼望向远方。

可怜的女人，
你是哪里的？
你有着什么痛苦的遭遇？

……她没有回答，
浅蓝的衣服索索抖动，
像在哭泣，
可是听不见她的哭声。
呵,她的脸仰起了……

她小小的脸儿，
像秋后的树叶
堆满白露；

她散乱的黑发，
有如山草
在风中起伏。

望望哨兵，
又望望哨上的人们，
她像焦急地把谁寻找；

她的头终又垂下了，
呵,哭吧,哭吧,
别让痛苦再折磨你了，
请把你的冤屈倾诉。

　"呵,同志们
　…………

　"同志呵，

我也是生在
　　咱们的晋察冀；

　　"为了饥饿呀，
　　我跟我八岁的孩子，
　　逃荒到那里。

　　"敌人的粥厂，
　　给两顿照出人影的稀米汤，
　　把我们囚禁；

　　"晚上，他们拉我到炮楼上……
　　同志呵……
　　我要死，我再不能见人……

　　"我半夜里跑出来，
　　找我的儿子，
　　他们已经把他运走；

　　"我的亲生的儿子哟，
　　栓儿哟，栓儿哟，
　　你再不能见你生身的母亲……"

她疯狂了，
她的眼瞪得多可怕，
两手撕乱了自己的长发；

　　"同志呵，
　　快给我报仇呀！
　　快把我的儿子夺回来呀！

　　"我永远忘不了你们，

我死也要死在晋察冀，
　　　死在咱们的边区……"

她披着长发，
猛然立起，
向断崖扑去；

五班长一把拉住她，
她哭得昏昏沉沉，
口口声声喊八路军。

同志们的眼呵，
都在发烧，
像即刻要淌出紫色的血；

不由得握紧枪，
此刻，
情愿为这女人而死……

为我们被污辱的女人而死，
为我们的仇恨而死，
战斗，越激烈越好；

你听！纷乱的枪声响了，
苦战的阵地上，
落下一丝银色的黎明……

第四章 黎 明

二六

枪声响了……

尖利的音流,
撞着寒谷流过来,
枪声不远。

嗨,准备好哟!
晋察冀准备好哟!
睁开警惕的眼睛呀,
山里的一切!
平原的一切!

准备好哟!
虽然我们的晋察冀
每天每时都响着炮声;

但决不能麻木呵,
我们的石头、树木、小路,
你们都要睁开眼睛!

喂,你看,
那条山梁小道,
开始有人爬过来;

打死他吧!
飞快地走着,

那是谁……

二七

哦,是侦察员老韩,
满身水湿,
肩挂着两盘电线;

小腿上布满了伤痕,
水珠往下滴,
血珠也往下滴。

"怎么呢,老韩,
腿挂花了?"

"呆会儿细谈吧,
连长呢,
哦,报告连长,
敌人已经来了;

"他们,
裹起了太阳旗,
又是一次轻装远袭。

"汽车路上,
我正收电线呢,
敌人突然从小路来了;

"我衣服也顾不得脱,
跳进了拒马河,
管它春冰滚滚,
也没有拦住我……"

"你看看你的腿,
　是打伤的吗?"

他边走边答:
　"营长正等着我哩,
　我没有空儿跟你们闲拉!"

湿衣服冻硬了,
铁甲一样,
哗哗地响着走向东方;

哦,那边天上,
腾起了一小片淡青色。

二八

东方山顶,
腾起了一片淡青色;

我们的顶空,
也在发白。

呵,黎明来了,
黎明要同激烈的战斗
一同降落;

你听,晨风动了,
白杨叶领先,
哗哗地喊着……

它喊:

受过黑夜痛苦的，
　　快向黑夜开战！

它喊：
　　所有沉郁的山脉，
　　快迎接银色的时间！

在白杨树下，
我们的连长，
他也发出威严的喊声；

这英勇的小队，
和静静的群山，
都在倾听。

　"喂，四班长！"
他喊的是哨上那朵小小的火焰，
　"你们班快到最前面……"

指挥员先喊谁，
大约是
他最心爱那个班。

小火焰点点头，
小火焰飞走了；

一个个都像小火焰，
跟着他们的班长，
飞过了前面的山。

　"五班长！"他又喊，
喊声还带着点儿恼怒；

那个曾在哨上鼾睡的班长,
此刻,还掩着几丝羞愧,
注视着连长的黑颜。

"你们班到左面,
　用火力援助……"
第五班也走了,
沉着地爬上左面的山。

黎明呵,
要同激烈的战斗
一同降落;

你听,
白杨叶还在哗哗地喊着。

青白的光,
水一样清,
漫流过宽阔的天空;

这时呀,
暗蓝色的山岭间,
啸动着一片勇敢的风声……

二九

席篷帐空了,
人带走了深广的梦;

乌黑的枪支,
在早晨的白雾里,

一支跟着一支在迅疾地飞行。

呵,走呵,走呵,
朝着那飞来战斗的黎明的路;

呵,走呵,走呵,
你不了解革命,不了解战争,
你就听听战士此刻的步伐声……

前面走的那是谁?
脚步那么粗鲁那么笨重;

他是谁,踏着涞源的山鞋,
踏得地心起了回声;

他是谁,银色的黎明,
照亮他红色的眼瞳;

他要到枪响的地方,
用战火去考验自己的忠诚。

走呵,走呵,
那是谁,脚步格外地急;

他走在二班的前面,
黑眉锁着,这样地忧郁;

这年轻人,这么英俊和美丽,
什么事占据着他的心?

微黑的脸低垂着,
恨不得一步跨上战场卧倒射击。

走呵,走呵,
那是谁,
装着识字本,一身新军衣;
他的小脸那样红,
还沾着几根野蒜的胡须。

走呵,走呵,
你看那负伤的腿,
拉几步,又紧紧地跟上;

那贫农的腿,
雇工的、木匠的腿呵,
在一个队伍里,
他们行进得多么急!

这样的急呵,
是谁领着你们在前进!

这样的急呵,
你们要到什么地方,
什么火燃烧在你们心里!

呵,走呵,走呵,
朝向那黎明的晋察冀的山路;

呵,走呵,走呵,
你不了解革命,不了解战争,
你就听听战士此刻的步伐声……

三〇

密密的小枪子，
击打起
山尖上黄雾蒙蒙；

暴躁的音流，
像大河悬空，
缠绕住这儿的山岭；

硝烟滚滚，
又卷过长城
青灰的垛口；

长城呵，
在你身边，
这是第几次的战争！

突然间，
机关枪声，
像要把那块白云撕碎；

——敌人冲锋了，
呀，第四班，
我们的小红火焰遭受了包围。

远远的山头上，
隐约听见，
他在嚷吵什么号召什么；

手榴弹，

贴着山边子,
开了一片蓝花。

可是密密麻麻的敌人,
还是朝山上卷去;

长城呵,
你看你忠实的儿子,
就要淹没在蓝色的烟海里……

三一

谁去解围呵!
你看日本人端着刺刀,
在那边的山谷里
明光闪闪;

谁去解围呵!
你听他们冲锋的喊声,
嚷成一片;

你再听,
他们黑山头上的歪把子,
打得多么狂乱;

这时呀,
只看见蓝烟与黄尘,
看不见四班的山……

长城呵,
难道你忠实的儿子,
真要毁灭?

这里,二班长,
他微黑的脸变成灰白。

他呵,
他脱下自己的破棉衣,
扔在一边;

又解下新战士的手榴弹,
一挂一挂,
将自己的全身挂满。

他呀,他不等号令了,
他喊:
　"同志们,
　　快上刺刀!"

他也上起了刺刀,
咬开的手榴弹的盖子,
一个个滚在一边。

他身子曲着,
高傲的头颅昂起,
他呀,率领着他的班,
扑向了敌人的机枪阵地;

那里,歪把子多疯狂,
还飘着日本人
傲慢的军旗。

猛然,
有一阵粗重的暴雨,

把他掀翻在地；

他爬起来，
提着明晃晃的刺刀，
又向前冲击。

你听呵，
战士都在叫他：
　"班长，你负伤了！
　快下去吧……"

他还在飞跑呵，
满身挂着手榴弹，
身上披着一件红衣……

顷刻间，
你看战士的手臂，
随着红衣人的喊声
呼呼扬起；

手榴弹，
像一群落鸦，
飞向那面傲慢的军旗。

……阵地夺取了！
看侵略者"武运长久"的旗子，
在中国人的手里
撕得粉碎；

他们的"金甲守护神"，
哪里去了？
飘飘摇摇，

被漠风吹得满山乱飞!

战士们,
来不及揩拭刺刀,
就地卧倒;

在敌人的尸体上,
架上发热的歪把子,
射向小红火焰的周围……

可是,二班长,
这个眉头锁着的红衣人,
哪里去了?

哦,在那里!
你看他抱着敌人滚下山去,
那一把拼弯了的刺刀呵,
还握在他的手里……

三二

哦,他还没有死,
同志们看他,
他像还看同志呢!

可是,谁去救他呵,
他身边,
还旋卷着子弹的风雨。

这时呵,我们的三班长,
——那个不爱说话的中年人,
也许有人把他忘记;

是什么时候,
他投进烟雾里,
小心地把那枝红花扶起。

把同志扶起呵,
哪怕自己的鲜血
跟他一起谢落在地;

从来,战斗同友情,
是一对亲密的姊妹,
不能分离!

你看他背起了二班长,
又拾起他沾血的枪,
挣扎着立起;

他左转右转,
是不是子弹的烟尘
使他昏迷?

在一块青石边,
呀,他和二班长
又一起跌倒;

仔细看,
他还在慢慢地爬着,
荒草里,
留下他两个人多少血迹……

终于,他回来了,
把二班长放下,

他也跌倒在阵地上；

同志们看着他，
他褪色的军衣染红了，
宽脸那么焦黄。

……他醒来了，
黄色的眼瞳，
又照到二班长的身上；

还是那样的眼光呀，
像他向房东赔笑时，
要来了一块热性的姜。

大家又看着二班长，
二班长不会死吧，
他也微微地睁开眼睛；

在他的眼瞳上，
映画着黎明的山岳，
也映画着红霞漫流的天空。

多日来，
他锁着的黑眉展开了，
嘴唇绕着微笑；

似乎说：
　"别了呵，同志们，
　请原谅我的错误吧，
　我对革命还是忠诚……"

三三

二班长已经死了，
他像睡熟了那么平静；

战士连他的枪背回小哨，
小哨上立刻起了哭声。

——是那个小女人的哭声呵，
她哭着，
又断续地把亲人呼唤；

她扳着他年轻的头，
她摇着，
像要把他重新摇醒。

她哭着：
　"你为我报了仇了，
　可是，你怎么也死了；

　"你留下我
　一个受了污辱的女人呵，
　你能不能再醒一醒……"

她哭着，
她落下了
多么温暖的泪滴；

她摸摸他的手，
展展他的血衣，
她的黑发也被染红。

"我前几天到哨上，
没有听你的话，
我悄悄走了；

"为了一口饭，为了栓子，
我对不住你呵，
我的亲人……"

她昏倒了，
风吹着她沾血的长发；
她双手捧住胸口，
哭不出声音……

女人呵，
不要哭吧，
你年轻的丈夫，
在壮丽的梦里已经睡熟；

他像一棵春天的树呀，
抖落了满树花瓣，
归还他生身的乡土。

女人呵，
死的已经死了，
活人还要走活人的路；

勇士的妻子，
不会懦弱，
勇敢的道路上有着幸福。

你听，

前面的战斗更激烈，
军号吹得多响亮；

我们的老头儿拾起枪，
胡须激动着，
奔向了枪声激烈的地方……

三四

战斗呵，黎明的战斗
最激烈……

在苦战的阵地上，
数数子弹，
你才能放枪。

可是，我们的小鬼呀，
一粒，一粒，
只顾把子弹推上；

只见他，
像要把全部生命，
都推上枪膛。

呵，在火热的战斗里，
我们的小鬼呀，
还欠缺一点冷静；

……他猛然怔住了，
摸摸子弹袋，
子弹袋已经空空。

正发愣呢,
锯齿菜摇摆着,
他身子猛地一歪;

怎么搞的!
像有一条温热的虫子,
从左臂里爬了出来。

牛二虎粗笨的指头忙坏了,
给他包扎好,
立刻又转过头去;

接着又瞄呀瞄呀,
红眼睛里,
又有一朵火焰烧起。

瞄准了,目标又动了,
真他妈,
汗珠顺着他的下巴落呀;

子弹都是二虎磨好的,
亮光光像一尾尾金鱼,
随便打掉那多可惜!

哦,有人偷他的金鱼哩,
是那个负伤的孩子,
呆坐着,他还没有下去呢;

一粒子弹刚推上膛,
二虎一把抓住他,
红眼睛像要冒出火花。

"二虎!"小同志脸红了,
"我拿你两颗红头的,
打胜仗,我还你三八的!"

"谁稀罕你三八的!
我五个鬼子的计划还没完成咧!"

他嘟嘟噜噜骂骂唧唧,
伸手要夺回他的金鱼。

哦,可怜的小鬼,
嘴张着,
像要马上哭出来;

二虎丧气地离开,
撅着嘴,
又趴下蹬住那面山崖。

当! 新战士成功了!
你听,随着一杆白旗倒下,
个个山头都在喝采;

可是我们的小鬼呵,
他的笑和他的泪,
一同把他年轻的红唇启开……

三五

枪声还这么激烈,
但敌人已经败退了;

我和连长在一起,

指挥我们的队伍向前追击。

同志呀,你看这山间小路,
已经铺满了清亮的晨曦;

同志呀,向前猛追吧,
最快乐的时间就是追击。

忽然,我看见
连长走过的石子路,
留下了斑斑血迹;

这满身战伤的老战士呵,
是第几次
他鲜红的血又洒出一滴一滴……

我一边追一边喊:
　"连长呵,请你赶快留下!"
他回过头:
　"你看看你呀!"
看了看,我微笑了,
我俩像两株美丽的红树,
在晋察冀的山岭上,
都静静地洒着火焰般的血液……

三六

呵,太阳升起了,
太阳呵,
把千百条金红的小路,
赠给了晋察冀的山谷;

它像慈爱的父亲，
用豪迈的热情，
抚爱着鲜血滴红的园林。

太阳升起了，
太阳，
不曾忘记苦战的阵地呀；

它驱逐了黑夜，
驱逐了它仇恨的世界，
正是为了亲近我们！

它照着我们的长工，
肩上挂满了枪支，
山鞋咄咄，
快活无比；

它照着我们的三班长，
你听他悄悄哼起，
只有在胜利的战场上，
才有的那种得意的小曲；

它照着我们的老头儿，
他踏着撕碎的"太阳旗"，
满身黄尘，
枪靠着肩头喘息；

它又照着我们的四班长，
小火焰正在试枪哩，
你看他眯着眼，
正托着新枪着迷地射击。

它照着呵，
它又照着我们的死者，
一派红光，
像庄严的红旗把他盖起；

它还照着我们的瘦女人，
手拉着孩子，
含笑的眼角里，
还留着一颗露滴……

它照着……

我和连长走回小哨，
我们还不知道呢，
我们的二班长他战死了；

在人前，
连长的黑颜也低下了，
眼睛渐渐潮湿……

太阳呵，出来了，
出现在苦战的阵地，
因为苦战的阵地是美丽的；

长城，
像紫色的金条绕着群山，
早雾消散了，
晋察冀的天空，
这样的宽阔，这样的蓝……

这时呀，忽然间，
飘来了一阵歌声；

多么熟悉的歌声呵,
战士们抬起头来,
仔细倾听。

原来呵,
在那棵杏花树上,
站着我们黎明的鸟;

太阳呵,
把她的羽毛
也染成深红。

她唱着:
从来太阳
不怕黑夜苦重;

它前进的道路,
不会变更。

只要你怀着黎明的信念,
向前走去;
太阳呵,它愿和勇士
携手同行!……

1942年6月草成,7—8月
改抄于易县岭东村某农家

第七辑

两　年

寄张家口

一

呵,张家口,
见了你
我多么欢喜!

我骑着马,
走过你的街道,
我望着你。

我呀,
来自乡村;

我带着,
我所爱的平原上
厚厚的黄尘。

你知道,
我们红高粱色的脸膛,
滚过多少雷雨?

你知道,

我们披着风风雨雨的身子，
留着多少弹痕？

你知道
每一个弹痕呀，
又带着
多少光彩的故事？

呵,你知道，
这段童话般的道路，
有多么远，
路上有多少艰辛……

二

城市呵，
走向你的路是艰难的：

我不曾忘，
我站在高山顶，
几百里
烟火腾腾；

我不曾忘，
我走过的每个乡村呀，
房檐都扑落着火星；

就是那古井台，
山洞口，
也漫出了血水；

地里的高粱呵，

也垂着染血的叶子，
发出仇恨的响声……

唉，那时节，
大水淹，
又年景荒旱；

同志们，
用黑豆跟饥饿
送过长长的一年。

饭不够，
为了让给同志吃，
大山顶
晕倒了机枪射手；

树叶稀，
为了留给人民捋，
在战斗的归途上，
多少人倒在山坡！

我们呵，
赤着啣，
在狰狞的山路上，
还要前进；

房屋被烧完，
就住在
羊圈跟狼窝。

城市呵，
走向你的路是艰难的！

三

可英雄的军队呵,
并没有
停止前进;

在炮楼的丛林里,
我们创造了
今古奇观:

我们让山里的石头呵,
也会爆炸;
我们让小小的手榴弹儿,
也会看家。①

我们扎成的草人儿,
迷住了
他千军万马;

我们壮丽的地雷阵,
常带着威严的笑声,
开放红花。

忽然间,
小伙子正打架,
打到炮楼上,

---

① 在坚壁清野斗争中,我们常将手榴弹系在门上,敌人一推门就爆炸。

把炮楼拿下;①

忽然间,
一队"嘀里嘟噜"的"皇军",
在炮楼上,
打落特务的满嘴狗牙。②
我们的"花媳妇",
最喜爱
乘花轿嘀嘀哒哒;

在敌人的狂笑里,
送他们
回到"老家"……③

黑夜呵,
不管它无边无涯;

我的同志们,
勇敢与智慧
闪着永不凋谢的光华。

---

① 当时我们无重火器,拿下炮楼很困难,大家就创造了各种战斗方式。这里是指部队化装成老百姓打架,找炮楼敌人评理,借以接近敌人,然后以突然动作,逼敌人缴枪投降。

② 这是指的"化装袭击"的方式之一。将日本俘虏的军衣穿上,扮成日本鬼子,去检查伪军炮楼,伪军往往毕恭毕敬将我们迎上炮楼,我们则故作大发雷霆,将敌官打得满嘴流血,并令伪军集合,集体缴械。

③ 这是我军"化装袭击"的方式之一。伪军常常抢娶亲的新媳妇。我军抓住这个规律,化装成娶亲者,待接近炮楼,敌人让停下,哈哈大笑正要抢夺花轿,我则以猝不及防的手段将敌击毙。在轿里往往藏的是机枪射手。

四

终于，
我们最穷苦的村落，
日日繁荣；

村村，
管子、胡胡、锣鼓声。
村剧团演出了
《穷人乐》
《翻了身的万年穷》；①

村村，
孩子活泼，
妇女美丽聪明，
老人年轻。

夜夜，
星星在树梢
用微笑望着乡村；

夜夜，
万家灯火里
歌声引走星星。

呵，可爱的孩子们，
天天在街上
找我揪打；

---

① 《穷人乐》和《翻了身的万年穷》是当时晋察冀解放区村剧团创作与演出的名剧。

姊妹们，
给我做圆口白边的紫花鞋，
环绕着嗡嗡的纺车声。

嗨，在这儿，
我还有了母亲哩，
有着好多慈爱的母亲；

她们抢走了我的破军衣，
老花眼伴孤灯，
直到天明。

呵，母亲，
我爱乡村！

乡村，我的家……

五

城市，
你不嫉妒我们的感情吗？

今天，
我要用对乡村一样的情爱
来拥抱你，
张家口，我的新生的城池，
我的"塞上之花"！

我的强壮的兵马呵，
我的无穷无尽的队伍呵，
你们都热爱张家口吧；

在张家口的四周，
快去保卫我们的"塞上之花"，
呵，那染着黄色风沙的塞上之花！

1945年10月22日，写于绥远十六苏木

塞北晚歌

如果战友允许——
我要寄一支歌，
给一个淳朴的乡村的女儿。

一

我们的部队，
来到塞外；

原谅我，
在千里之外，
我才向你告别。

月亮照着战壕，
忍不住
将你思念；

谁叫我
在织布机旁，
将你碰见，
谁叫那琐碎的日子，
在我们的身边流连！

我埋怨,
我在千里外,
就看见了你秋收的镰刀;

我埋怨,
在哗哗的水声里,
听见你赤着脚,
从河那边走到这边。

我埋怨,
不知埋怨我,
还是怨你;

它要侵占
一个战士防卫的时间。

二

猛然,
炮火又来轰袭我……

在这胜利的日子,①
淳朴的人呵,
自然你知道
这是谁发来的炮火。

这炮火,
已经在解放区的西端
炸开……

---

① 指抗战胜利。

这炮火，
要毁灭咱解放区人民的生活！

三

说不清为什么
今夜我特别想你；

想你呀，
和我的老解放区。

想起你们，
妇女抬担架的吃力样子，
头一次登台讲话的可笑样子，
在村剧团唱歌的疯傻样子；

想起老婆婆，
拐着小脚投选举票的那股认真样子，
拉着战士吃饭的连哄带吓的样子，
给战士盖被子的偷偷摸摸的样子；

想起了游击小组，
造二槽子弹的专心样子，①
抢我的皮带，偷我的手榴弹的调皮样子；

想起了，
甚至我想起了，
那幼儿啼哭的幸福的样子，
那有了饭吃的穷苦老人，
在街头大石上打瞌睡的神气……

---

① 打日本鬼子的时候，游击组因为缺乏子弹，拣弹壳装上火药再制成子弹。

可爱的人哟,
你们那里,
是不是也有了炮声呢?

那炮声,
是不是震动了我的老解放区?

请你告诉我吧,
我今晚是这样的系念;
今晚呀,
就是解放区的一块石头,
也是我心爱的!

四

可爱的人哟,
密约改期吧!

虽然,
那是抗战八年的战士
和你订的,
在胜利的日子和你慎重订的。

可爱的人哟,
密约改期吧!

人家的炮火
既然轰到老解放区,
想把我们的骨头炸成碎粉,
还谈什么密约呢!

五

可爱的人哟，
最后请你
捎给我一个信息：

在胜利的日子，
我那游击组的兄弟，
是否有些麻痹？

假若麻痹，
你就要警醒他，
叫他们
枪不要生锈，
地雷也不要受潮湿！

    1945年11月21日，于绥远城外讨速号村

第四次伤

为了保卫张家口
为了收复平地泉
温良顺激战在老虎山

别看他才十九岁
坚决抗战整五年

五年里,不等闲
要过饭,吃过青麦苗
睡过多少露水田

五年里,不等闲
一柄刺刀出门帘
贼头贼脑的坏特务
背上透出刺刀尖

五年里,不等闲
墙缝里头开枪弹
打死过张牙舞爪的日军官

五年里,不等闲
汽车路上打伏击
打得汽车冒白烟

堡垒丛中像飞燕

五年里，不等闲
打城池，拿据点
炮楼晚上起红火
炮楼白天冒黑烟

五年里，不等闲
为祖国流过三次血
这血流到滹沱河
这血流到好庄田
这血流到城墙边

五年里，不等闲
他本是共产党的好党员
冀中区的好青年

只生得俊俏的脸
聪明的眼
结实灵活的好身段
灰色的军衣实好看

这一次，为了保卫张家口
为了收复平地泉
温良顺又激战在老虎山

老虎山，白露满
湿透了他的灰军衣
一阵风过满身寒

满身寒，他不管
双目灼灼往前看

一边打枪一边喊

他打出了第一枪
他喊道：
　　这一枪为了和平与民主
　　我叫你进攻张家口
　　我叫你夺去平地泉
　　我叫你给人民闹内战

接着，他选了一粒好子弹推上膛，他又喊：
　　这一枪为了保卫冀中大平原
　　保卫勤劳生产的好爹娘
　　会唱歌的儿童团
　　姊妹婶嫂的识字班
　　还有那抗联主任王大伯
　　那减租减息
　　拥军优抗
　　生活改善
　　物资丰富
　　人人称赞的"乌克兰"！

这一枪，真是沾
一个敌人翻下山

接着他要打第三枪
他喊道：
　　这一枪为了受苦受难的小草原
　　无衣无食的塞外汉
打了枪，拉开栓
这一枪打进堡垒眼
他骂道：
　　傅作义！我叫你养肥猪在五原县

我叫你刮尽了河套,又来压榨小草原
　　我叫你人民身上扒衣服
　　我叫你箱柜里头把马牵
　　我叫你牵马吃光莜麦田

他刚要打第四枪
冲锋号四面已吹乱
他提着三八冲上前
腰里系满手榴弹

不管它弹雨乱飞落
小指头勾出导火弦

猛然间,一粒子弹打住他
他跌倒在老虎山
老虎山,白霜满
腿上鲜血红艳艳

战士说,班长下去吧
排长说,歇歇你再干
他滚到后面绑扎好
提着三八又冲上前

他说道:
　　抗战我流了三次血
　　人民刚才把身翻
　　今天反动派又捣乱
　　又要把人民压下边

　　我不是不知道塞外苦
　　我不是不爱那大被热炕的大平原
　　我要不坚决来抵抗

我的鲜血算白流
就是死了也心不甘

温良顺又冲向前
别看他才十九岁
共产党的好党员
冀中区的好青年

为了保卫张家口
为了收复平地泉
温良顺又激战在白腾腾的老虎山

1945 年 12 月末草

三 合 村①

在塞外,谁不觉衣裳单,
想找个暖处避避寒;

侦察员赶进了三合村,
三合村里无行人。

砖瓦碎,墙头倒,
满街随风走乱草;

到东家,东家空,
到西家,西家只有风悲号。

村头又把小屋进,
炕上躺着一老人;

一声两声不答应,
三言四语不动身。

正是他把老汉叫
后院里,拐杖引出老妇人;

---

① 现在呼和浩特市郊的一个小村子。

蓬头垢面偷眼看，
惊惧不敢向前进。

听说他是八路军，
摇摇晃晃赶进门；

上去拉住同志的手，
泪珠儿对对往下滚。

叫了一声好同志，
又叫了一声菩萨军；

你再别把老汉叫，
老汉不能再动身；

前三天，"西军"①来抢劫，
还绑走我的小孙孙；
老汉已吓死整三天，
我三天水米没有上嘴唇。

你不见，村里后生被抓净，
井台上哪有挑水人；

死人尚且没有葬，
哪有人来管活人！

老妇人哭泣不成声。
侦察员一滴泪也落在了三合村……

    1945 年 2 月 4 日，于绥远城郊讨速号村

---

① "西军"：当时老百姓对反动军队的称呼。

开 上 前 线

敌人来了，
战争来了；

开上前线
快开上前去吧，
看我们的四外，
烟火滚滚……

我的兵马，
你是忠诚的兵马，
长城一般
壮丽的兵马；

开上前去吧，
卖国贼要来扑灭我们！

谁叫我们
赤着脚还在山岭苦战，
吃黑豆
还为人民流血；

谁叫我们
用血冲洗了人民的泪，

用头颅
换来农民的土地,
人民的幸福!

开上前去吧,
我的兵马,
我们再也不能容忍;

直到卖国贼
像野狗般的死去,
也不要饶恕它们!

开上前线去吧!
带着沉重的马克沁①,
暴躁的歪把子②,
清脆激烈的毕丝尼③;

带上重炮
燃烧弹,
和那明晃晃的刺刀!
我们的子弹,
每一粒都闪着
民主的光,
和平的光,
都带着人民的仇恨和希望;

让它向前飞去吧,
炸开黑暗,

---

① 马克沁:重机枪之一种。
② 歪把子:日本式轻机枪。
③ 毕丝尼:轻机枪之一种。

呼啸着解放的风声,
必胜的风声!

如果我们
不愿把父母献给敌人,
瞄准呵,
让每粒子弹都使反人民的恶魔流血;

如果我们
还想在这一生
看见幸福的祖国,
用力呵,
让每颗手榴弹
把敌人都炸死在解放区的边缘。

炮弹呵,
轰开城堡,
轰碎罪恶的阵地,
那堆满特务和镣铐的阵地;
叫他们的原子梦①,
跟他们每一颗反革命的细胞,
都顺着坚固的城堡滴血!

老爷们呵,
你要用战争来毁灭我们,
我们不怕战争;

我们有的是
铁的回击,
火的回击,

---

① 原子梦:当时国民党反动派大肆吹嘘美帝国主义者的原子弹,借以吓人。

——这是人民的回击，
　　仇恨的回击，
　　神圣的回击！

　　　　1946年8月15日，草于大同城郊王千户庄

一个战士的赞歌

嗨,这里是烟火,小小的白窑子一团烟火,
望不见树木呵也望不见小小的村落,
几千名暴徒跟随着坦克向这里猛冲,
这里,小小的白窑子成了一团烟火。

你听,通信员从烟火里滚过来,报告紧急情况,
你看,他又滚过去,去取那炮火打坏的机枪,
你看,三十多个勇士,冲击坦克英勇负伤,
你看,三班长结束了英雄的历史,躺在坦克的近旁,
谁再去击毁坦克,把残破的阵地挽救,
指导员望着纪广洲……

纪广洲眼望着坦克,不声不响,
他要过排长的驳壳枪带在身上,
呵,纪广洲,你看他钻过了火力地带,
飞鹰一样,扑向坦克车疯狂的地方……

冲击呵,四面八方的冲击,终于把敌人打散,
坦克车也拖着破碎的履带躺在河滩,
千百发炮弹,并不能将英雄的阵地毁灭,
风吹着,小小的白窑子散着火烟……

战士们回来了,听到有微微的声音叫喊,

是纪广洲,从重伤的昏迷中醒来,他向大家呼唤:
"同志们,我在这儿,我还活着!"
同志们围上他,风吹着,小小的白窑子散着火烟。

同志们看他,他也睁开血泥模糊的双眼,
他握着带泥的驳壳枪,颤动着被打穿的下颚:
"同志呵,我没有完成任务……"他的声音
多么难过,
黄昏的白窑子,还飘着零散的烟火……

1946 年 8 月 29 日,于大同城郊战地匆草

好兄弟歌

白杨墅激战在南山,①
有个农民背伤员;

血流湿他的白单裤,
也染红他的毛蓝衫。

他先问同志疼不疼,
又问同志颠不颠;

疼不疼,颠不颠,
昏昏沉沉不能言。

又怕炮弹落前面,
匆匆忙忙往下赶;

往下赶,是山湾,
有谁牺牲躺路边;

下身也是白单裤,
上身也是毛蓝衫;

---

① 这是1947年春天正太战役(南线战役)中的一次战斗。白杨墅是正太线上的一个车站。

身后背着炸弹袋，
手指上套着拉火弦。

放下同志上前看，
一滴热泪落胸前……

这本是他的亲兄弟，
前日就伴上火线；

好兄弟参加战斗组，
好哥哥参加担架团。

好兄弟，好党员，
春暖花开二十三；

本乡本土斗地主，
出征又打还乡团。

冲锋号响热血滚，
手榴弹蓝花开南山；

谁知他倒在山坡上，
少年热血倾阵前……

好哥哥站在他身边，
擦擦眼来又俯身看；

先摸摸那条白单裤，
又展展染血的毛蓝衫。

有心背起同志走，

一阵风过泪点点；

有心背起兄弟走，
翻身农民不模范。

好哥哥山坡来思量，
身上脱下毛蓝衫；

盖上自己的亲兄弟，
又背起伤员向前赶……

好兄弟不知名和姓，
只知他家住在太行山！

      1947 年 5 月 24 日，于曲阳夜草

黄牛还家

好战士牵着大黄牛，
他送黄牛还家走；

昨天消灭还乡团，
黄牛解放下炮楼。

走一山，又一山，
黄牛撒欢饮清泉；

走一村，又一村，
黄牛抬头找亲人。

远远一坡桃花开，
房屋层层如楼台；

战士牵牛进了村，
巷里巷外挤满人。

老人欢喜小孩叫，
黄牛哞哞进了门。

主人带病向外走，
院子里进来大黄牛；

一见黄牛落下泪,
黄牛也舔舔主人的手。

去年腊月二十三,
炮楼下来还乡团;

东家哭来西家喊,
地主老爷到门前。

上槽要牵大黄牛,
主人跪地泪双流;

一阵皮鞭人昏去,
黄牛哞哞被牵走。

早起担水要饮牛,
水桶一放垂下头;

晚上背铡要铡草,
坐到草边想起牛。

一月二月病在床,
三月四月不起炕;

眼窝儿深来两腮瘦,
孩子哭叫全家愁。

常说英雄爱骏马,
不知农民爱黄牛!

今日一见黄牛面,

双手拉住同志的手。

槽头拴上大黄牛,
炕头端上一壶酒。

你推我让不消停,
主人病好脸放红;

黄牛还家胜佳节,
满屋邻人起笑声……

> 1947年5月26日,于曲阳城郊

秋 千 歌 辞

农民们，
当我从你们的乡村走过，
赶路人呀，
也来歌唱你们翻身的快乐。

春风快乐地送起了秋千，
秋千舞动着花枝一般；
连赶路的行人也停住脚步，
连和暖的太阳也微笑不前。
老大伯呵，不要尽拈着白须微笑，
请告我：
这是谁家幸福的儿女打起秋千？

春风不要再尽情吹送，
看把我们的花枝快送过屋檐；
我们的雁群也带着担惊的歌啼，
低低地、弯曲地斜过秋千。
村剧团快停住喧闹的锣鼓，
请告我：
这倒是谁家幸福的儿女打起秋千？

秋绳垂下了，
数不清的小花鞋又挤满秋板；

老大娘紧忙地抓起秋绳,
把怀里的胖小子也要抱上秋千。
秋千架呀,
在这曾洒满血泪的土地上,
是谁搭起了你?
春风呵分不开吵闹的花团!

秋千架搭满了可爱的乡村,
我的每一个乡村呵是一座花园;
幸福的儿女挡住了行人的街道,
赶路人过去了,还不断回头留恋。

锣鼓声落,远处有隐隐的炮声响起,
哦,炮火边的战士们,
自然,你知道:
这是谁家幸福的儿女打起秋千!

1947年1月20日,于河间

英雄的防线(诗报告)
——记"钢铁第一营"高林营阻援[①]

危急的阵地

大地在震动着,成千发的炮弹,落上了英雄的防线,
弯曲纵横的战壕和可爱的地堡都堆满火烟。
工事在轰轰地倒塌着,压住了苦战的勇士,
战车喷发着炮火,呜噜呜噜爬到了阵地前沿。
危紧的阵地哟,你已经成了零乱的土堆,
"钢铁第一营"的大旗,还能不能插在大家的面前!?

看战防枪手奋力的射击,也不能阻止战车的前进,
看勇敢的战士,提着燃烧瓶爬到战车的跟前。
看冲锋的队伍刚集结,就遭到飞机的低空扫射,
看我们的连长,握着带刺刀的三八式,静静地倒在一边。
危急的阵地哟,你已经成了零乱的土堆,
"钢铁第一营"的大旗,还能不能树立在大家的面前!?

[①] 此诗系记述1947年有名的保(定)北阻击战中"钢铁第一营"的战斗。当时华北解放军仅以一个军的一部阻击援敌三个军整整九天之久,对保证清风店歼灭战的胜利,起了重要作用。

顽强的指挥

电话线接上了,指挥所又开始铃声叮叮,
电话机传送着庄严紧急的对话声:
"我们的工事倒塌了","你们钉在工事上面射击!"
"我们的机枪打坏了","让你们的刺刀见红!"
"有许多同志阵亡了","不能丢一寸土地!"
这是一支炮火中庄严的战歌:
"与阵地共存亡,保全我营的光荣!"

零乱的土堆上堆满烟火,大地还在震动,
冲锋的敌人,像密集的羊群,向阵地前沿猛涌。
郭白禄从乱土堆里钻出来,拐着双腿又爬上前去,
他擎着三八式庄严地高喊,阵地上烟火腾腾:
"同志们! 有我就有你,要牢记革命的纪律,
与阵地共存亡,保全我营的光荣!"

英雄的防线

你看那"钢铁第一营"的兄弟,从烟雾里挺身站起,
推开伙伴的尸首,从土堆里钻出来,带着满身血迹。
你看新党员谷克智,扎好伤口又赶到前沿阵地;
你看刘济舟,眼角滴着鲜血,还在顽强抗击;
你看冯海成的机枪前,倒下了白花花的一片;
你看秦焕明怀抱着飞雷,死盯着面前的仇敌;
你看那闵树芳满脸流血,匆忙地压着子弹;
你看刘炉子的重机枪,枪后腿架在同志的肩头射击;
你看范荣耀,啊,范荣耀,高高地站在地堡的顶上,
眼望着自己的飞雷,打得敌人满沟哭啼。
这里,零乱的土堆上,依然挺立着我们英雄的防线,
这里,零乱的土堆上,正飘着"钢铁第一营"光荣的战旗!

战防炮来了

战防炮来了,沿着宽大的开阔地滚滚前进,
战士们拥着它,胶皮轮震荡着热情的声音。
你看小组长李学莽,抢到前面平除障碍,
你看炮手贺才先,精心地测量距离咬紧嘴唇。
你看驼背的徐清华,拼命地推着炮车,带着愤恨和激昂,
他要同地主阶级坚决地作战,他是穷苦的放牛郎!

危急的阵地上,也上来了火箭炮手,
他,刘云庆,他的欢喜赶走了忧愁。
端起了火箭筒,他想起了往昔的错误和指导员温柔的解劝,
他想起羞愧的日子里羞愧的眼泪交流。
立功赎罪的机会到了,穿甲弹拖着烟火的带子向前飞去,
战车在冒烟,惊慌地摇着白旗。
在那边,又飞过来贺才先的战防炮弹,
你看哟,战壕里在叫好,战车上旋卷着几丈高的黑烟!

尾　声

防线没有突破,这是英雄的防线,光荣的防线,
敌人滚在血泊,战车起着火,堆在了阵地前边。
看,零乱的土堆上,又筑起弯曲纵横的战壕和可爱的地堡,
看,"钢铁第一营"的大旗,要永远插在大家的面前!

1947 年 10 月 28 日,于曲阳

两 年

——再寄张家口及其兄弟的城

一

张家口,
我们回来了;

人民呵,
请让我握握你
久别的手。

我们回来了,
带着忠诚的心,
复仇的剑;

我们把仇敌,
劈在了
你的门前。

我们叫他
来不及逃走,
像被巨雷
击倒在地;

我们叫他
像斩断的毒蛇,
左曲右蜷
死在路边。

踏着他们的腥血,
枪声哗笑,
我们又回来了;

坟墓,
是他们自己掘好,
我们就让他
倒在冒烟的战壕。

人民呵,
请赶忙擦去
你的喜泪,
在这快乐的早晨;

请赶忙迎接你
披着风尘的
久别的亲人。

两年了,
我们在烟火中飘走青春,
忠心丹红,
永不变色;

请接受
我们一支忠心的歌儿,
在这快乐的早晨。

二

回想当年,
乌云压上张家口;

难分难舍,
张家口
家家户户,关着忧愁。

我们走了,
挣脱洒泪的街头,
孩子的手;

我们走了,
黑夜风声里,
不忍回头。

那时节,
有人正狂笑,
像看见人民的末日
已经到来;

那时节,
有人在马上,
早已经自封了
一世的将才。

得意呀,
使他们忘记了
天高地厚;

使他们忘记了
滚滚大江，
不会西流！

张家口呵，
毛主席的战略明灯，
照着我们，
怀恨而去；

我们走，
是为了来，
我们卧薪尝胆，
准备大报仇的战鼓敲响。

三

我们去了，
到处去开辟
新的战场；

有爱，有恨，
共产党人
没有灰心。

两年来，
征途漫漫，
风雪雨雾几万里；

两年来，
城寨山川，
日夜苦战无人闲。

人们呵，
提起了枪杆和忠心
野战远征；

人们呵，
陪伴着艰苦和困难
脚步不停。

人们呵，
为胜利
谢绝了妻子的远送；

人们呵，
来不及
细听那老人的叮咛。

人们呵，
望着那
照满灯光的小窗户，
把家门走过；

人们呵，
在母亲的泪眼里，
挣脱那
使新郎迷醉的笛子声。

人们呵，
算不清经过的村庄，
村庄的名姓；

人们呵，
多少次惊醒了鸟儿，

带梦宿营。

人们呵,
肩背上,一天里
背着四季;①

人们呵,
伤口上,成年价
带着阴晴。②

也许在今天里,
找不见
一滴净水;

也许在明天里,
满地蛙声。

有时节,
一天走
一百五六;

有时节,
一整宿
十里挂零。③

有时节,

---

① 远距离行军,从甲地至乙地,因气候悬殊,每有隔季之感。近距离行军,中午汗流浃背,军衣尽湿,如值盛夏;山高风冷,又如深秋;至午夜或拂晓,寒气逼人,则又若寒冬,宛如一天之内有四季之分。
② 伤口每逢天阴即隐隐作痛。
③ 有时道路狭窄,大军拥塞于途,或道路奇险,三步一站,五步一停,一整夜仅走十余里,亦颇为艰苦。

急行军
像轻风吹送；

有时节，
迷了路
等待天明。

还有那
雨夜里，
漆黑无缝；

千万人
都只凭
一根长绳；

风和沙，
雨和冰，
排成大阵；

铁行列，
也只得
慢慢爬行。

不怕它，
嗓子里
升烟起火；

高山上，
嚼青草，
敲碎冰凌。

不怕它，

肚子里
小鼓擂响；

一把把
炒小米
香甜无穷。

不怕它，
荒山里
窝棚狭小；

山凹里，
铺荒地
枕着冷风。

不怕它，
长城外
人烟稀少；

蓝被子
缀星星，
一片鼾声。

人民呵——

为了您，
娘子关上满山红，
英雄们
扑进烈火；

易水边，
萧萧落叶卷秋风，

英雄们
在这里
杀卷了刀锋；

南口外，
英雄断了两条腿，
血泊里
爬着指挥；

隆化城，
铁堡火墙拦道路，
高举着炸药和忠心
将它轰平。

祖国呵，
为了您，
身经百战的人儿，
被桑干河
滚滚的春冰夺去；

为了您，
火焰般欢笑的生命，
被摩天岭
绵绵的小雨浇熄。

数不清
多少无名山水间，
倒下了
多少无名的英雄；

就是在此刻呀，
我还听见

他们忠勇的杀声……

他们的忠心呵,
不论进攻与后退,
四季丹红;

他们的意志呵,
在艰苦危难里,
冬夏常青。

两年来,
分不清春夏秋冬;

两年来,
分不清黑夜天明;

两年来,
分不清炮声雷响;

两年来,
分不清雨声河声。

张家口呵,
我们走
是为了我们的来;

你听,
大报仇的战鼓,
已经咚咚敲响……

四

大报仇的战鼓呵,
引来关内外会师的兵马,
接天盖地,
盘山绕岭;

大报仇的战鼓呵,
使得几千里战线
号音齐鸣。

大报仇的战鼓呵,
使得千万挺英俊的"加拿大"①,
叉开两腿,
只等着一声信号;

大报仇的战鼓呵,
使得高大乌黑的"战神",
唱着隆隆的战歌,
向前集中。

你看那
四面八方的大路,
都有烟尘掀动;

这是农民的行列呵,
烟尘里,
分不清车声笑声与歌声。

---

① "加拿大":指加拿大式机枪。

再听呵……

水汪汪的井边,
石头上,
刺刀响亮;

它亲着战士的大手掌,
嘻嘻地
饮着水,
笑声叮当。

再看呵,
指挥部的桌案,
求战书
争先挤满;

仔细听,
千军万马
在那儿
欢腾呐喊

"给我们任务吧!
请批准我们
突击团……"

"给我们任务吧!
请批准我们
尖刀连……"

"请党允许吧,
这是我们
一生的光荣!"

"请党允许吧,
我们日日夜夜
不能安眠!"

"我们的尖刀呵,
即使是铁,
也要豁开一道突破口!"

"我们保证,
要把第一颗信号弹,
打起在城头!"

"倘若我们倒下时,
请不要搬掉
我们的尸体;

"我们的尸体呵,
也要挡住
敌人的反突击!"

你看呵,
挤满的求战书,
吵嚷欢腾;

你看呵,
一封封求战书,
指印鲜红。

大大小小的红手印,
像一颗颗赤心,
滴着忠诚;

一条条红指纹，
都闪着火光，
滚着雷声。

可爱的指印呵，
又像春天的花，
燃着烈火；

这是最美的诗章，
最美的歌！

就是这歌呀，
使敌人和城墙
一起昏迷在地；

就是这歌呀，
使敌人和堡垒
一起和成碎泥。

张家口呵，
就是这歌呀，
才唱落了
你的枷锁和忧愁；

就是这歌呀，
才使我握着你
久别的手……

1949 年 2 月 2 日解放北平，于西郊海淀脱稿

第八辑

红叶如海

蝗　虫

撒开光秃秃的庄稼地，
大队的蝗虫又展翅飞行；
像一片滚动的黄尘，
还带着沙沙的响声。

它们又在一块谷地里落下，
狂嚼的声音真叫人震惊。
它们嚼着，跳着，
还不断把自己歌颂：
"你看我们多么神圣，
我们是上帝那儿派来的神虫。"

它们边吃边望着前面，
舞着触须，瞪着黄黄的眼睛。
它们说：
"喂，可爱的农夫！
不要受惊。
我只是在这儿停一停，
邻近的田地我会充分尊重！"

农民哟，
你是麻痹呢还是聪明，
是安静地睡觉呢，

还是快准备壕沟跟火种!?

1950年11月,草于北京

抗美援朝街头诗

你

你,听到了炮声吗?
青年人!

不要光知道幸福
不知道仇恨。

只 有

当一只得寸进尺的野兽,
向你扑来的时候,
人们哟,
只有它自己的血,
才能够教训它自己

不 要 忘

当成吨的烧夷弹,
在朝鲜,
飞腾起无边大火的时候,

同志们,
不要忘记——
朝鲜人和你蹲在一个战壕里
吃苦菜的那些日子。

去

去!
　把美国鬼子
　狠狠地打死吧!

只有他们的血,
　才能安慰
　被炸死母亲的朝鲜孤儿啊

歌　颂

有人告诉我:
　你的名字,
　写上了抗美援朝的志愿书。
朋友啊,
我要用一句最崇高的语言来歌颂你:
　你是一个爱祖国、爱朋友的中国人!

瞄　准

瞄准!——
　那些从华尔街来的
　下流无耻的流氓们。

看,
　他们正把火举向房檐,

刀上滴落着我们邻邦的血……

锈

可怕的，
　不是什么原子弹
和那些胆小怕死的"少爷兵"；

可怕的，
　是我们的枪连同自己的思想
　长满了红锈！

今　天

一颗美国子弹，
到今天,还包在我的血肉里呀！

我要带着它，
到鸭绿江的那岸去。

回　答

亲爱的志愿军，
要打,就要狠！

请用俘虏数字，
回答麦克阿瑟的野心。

礼　品

志愿军同志们，
　请多抓几个美国鬼子

送到金日成将军的总部去。

这是最珍贵
　也是朝鲜朋友
　最欢喜的礼品！

去　吧

去吧
穿上英雄的戎装；

看，鸭绿江的那岸——
朝鲜人
将流着欢喜的热泪，
来拥抱你！

1950 年 11 月 10 日，于北京

赠朝鲜诗翁朴仁俊①

塞上硝烟送青春,
战袍随我不离身,
秋风飒飒黄河岸,
雨雪霏霏汉江滨。
我今又来阳德郡,
红叶如海情谊深,
手托战袍送诗翁,
对月披霜永长吟。

1958年10月中国人民志愿军撤军时,作于朝鲜阳德

---

① 1958年10月间,中国人民志愿军自朝鲜凯旋归国。我曾于此时访问朝鲜阳德,当地有一78岁老翁朴仁俊,善诗,对志愿军甚热情,曾写诗多首相赠。我为当时中朝人民的深情厚谊所感,在拜访朴翁时,将自己的皮大衣赠给老人,并附此诗留念。后老翁与我通信数年,并常有诗寄来。我亦有诗相答。60年代后音信断绝,不知老翁尚在人间否。

答 朴 翁

万里想念两地同,
屈指分袂已三冬。
东风催人暇日少,
惜无好诗赠朴翁。
去岁乘兴南国游,
停车枫林湘江头;
忽忆阳德红叶深,
顷刻思念如江流。

1960 年冬

第九辑

美丽颂

登列宁山夜望莫斯科

这儿是天堂呢还是人间,
为什么星星跟银河都落到地面?

  你是登到了列宁山上,
  山下面是天堂也是人间。

看那边好像有山峰隆起,
在夜里怎么还看见红花开遍?

  那本是幸福的人儿修起的高楼,
  绵延的红灯绣起了幸福的山。

那边,怎么有流星游走,
像一缕红绳还系着管弦?

  我猜是莫斯科河的一叶小舟,
  琴声跟歌声载满一船。

听,那里是什么乐声腾起,
悠扬的声音响在云端?
  那不是所有的乐声能比,
  是克里姆林的钟声度着灿烂的时间。

你看那一对对美丽的男女在行走,
为什么那样快乐而又勇敢?

他们确实快乐而又勇敢,
他们是去叩共产主义的门环。

多谢你美丽的答问,我还要问你,
人世间还有没有这样的乐园?

朋友,只要人们英勇勤劳的战斗,
普天下将到处是这样的乐园!

1951年11月8日深夜,匆记于莫斯科

红场夜景

十月革命节三十四周年的夜晚,在红场上空,一声礼炮过后,随着烟气的消散,云端里露出一幅斯大林的彩色画像,探照灯纵横交叉,鸽群飞舞。画像在空中停留数小时之久。红场上人山人海,欢呼不绝。

　　谁不说这儿是人海灯山,
　　千万个笑脸像扬起的波澜:
　　看多少幸福的男女,
　　扶着爱人的肩头向空中指点;
　　看多少幸福的孩子,
　　坐在父亲的肩上摇着小手嚷喊。
　　原来是礼炮的花丛像一朵彩云,
　　扶送着斯大林升到云间。
　　探照灯在他的身边织成花朵,
　　万千白鸽在他的脚下飞旋。
　　虽然游走的云彩使他时隐时现,
　　当他出现的时候,他的微笑就落到人间。
　　全世界的人民呵,
　　请举起头来吧,把这儿观看,
　　看空中斯大林的微笑,
　　也看他的微笑照着的人海灯山!

1951 年 11 月 7 日夜,于莫斯科

桥 上

莫斯科河静静地流,
我和一个苏联人,
亲吻在桥头。

我们的笑声带着喧嚷,
像河里的浪花,
拥抱的时间也不忘歌唱。

这时呀,
我不知道
斯大林正在哪个窗口,
假如他看见我们,
他一定会含着笑
把他的烟斗燃上……

1951年11月2日,于莫斯科

波波夫①夜话

你说我怎不把你们爱,
我想起年轻的苏维埃;
十四个强盗国家来进攻,
呵,我的苦战的苏维埃!

那时节我头发还没有白,
我在红军里头把兵带;
我们师有一百二十个"姓王"的②
热血倾在俄罗斯,为了年轻的苏维埃!

见了您,又使我想起一百二十个,
又想起年轻的苏维埃;
让我们亲一个响响的吻,
你说我怎不把你们爱!

1951年11月14日参观托尔斯泰故里

---

① 波波夫:托尔斯泰的故居博物馆馆长。
② 因为中国人姓王的多,当时对中国人有此泛称。

给莫斯科河

莫斯科河呀,
你亲着克里姆林宫的墙流过;
我愿你,愿你呵,
带着这块土地上人民的情谊,
流进我祖国的大河跟小河……

1951年11月2日,于莫斯科

十一月七日的钟声

听,克里姆林宫响起了十一月七日的钟声,
这钟声唤来了几十门礼炮齐鸣,
礼炮声又引来莫斯科司令的红马,
它嘚嘚的马蹄呀,又踏着十一月七日的钟声。
当他的红马在红军的面前停下,
听红军战士们又发出了威严的喊声,
我不知道他们在喊着什么,
但我知道他们在斯大林格勒、在柏林也有过这样的喊声!

看红色战车擎着列宁的旗帜穿过,
它震动大地高歌着自己光荣的旅程。
虽然它的履带上法西斯的血迹已经洗净,
但听到它的响声呵,法西斯的游魂还要震惊!
抬头看红色的战鹰一群群掠过,
它要把战争的乌云震得像枯叶凋零。
你们看见了吧,朋友,我们中国人在向您举手致敬,
在此刻,在你们的脚步踏着十一月七日的钟声。

看那边又涌过来旗帜的林、鲜花的海,
苏维埃人哟,响着新鲜而热情的足音走来,
是什么美丽的图景将他们吸引,
幸福的风呵,将他们的笑口启开。
他们的笑容呵,多么光彩鲜明,

他们的脚步呵,多么响亮动听,
朋友呵,我要歌颂你们的每一个脚步,
每一个脚步呵,都是共产主义的歌声。
钟声又响了,年轻人纷纷把彩色的气球放起,
气球飘上了克里姆林宫的上空,
它载着您的梦想也载着我的歌颂,
像你们幸福的日子在步步上升。

朋友们,
当你们那样热情地向我们招手,
当你们投过来的鲜花快把台阶铺平,
我有一句真诚的话儿要说给您听:
　我愿整个世界都跟随着你们的脚步,
　我愿朝鲜人快得到胜利与和平,
　我更愿我自己的伟大祖国,
　也像你们一样的幸福繁荣,
　我愿我的歌呀,
　也像你十一月七日的钟声。

1951 年 11 月 11 日,于莫斯科

巴库偶拾

我们来到里海边,
巴库正度着秋天。
家家门前的菊花,
对着客人开遍,
在油塔的密林里,
鸟儿倾听着叮咚的油泉。

1951 年 11 月,于巴库

小 河

一条小河在山间埋怨,
它身边的荒草绿过几遍?
只有山风将它陪送,
年年月月带着呜咽:

"十月的风呵吹到人间,
有谁来把我的命运改变?
听梯比利西城中多么热闹,
寂寞呵,单单把我留在深山!"

小河的呜咽多么絮烦,
格鲁吉亚人来到河边。
他们凿通了一座座荒岭,
要把小河捧出深山。

小河呵,你看它多么高兴,
身上像系着一串银铃;
它涌出山洞口跳跃狂欢,
大声哗笑着从山顶飞下平川。

快走吧,去亲吻万顷农田,
快去把光明带给人间!
水上电车正等你带进城去,

那儿还等着年轻人一叶叶游船。

看哪,绿水白花从半天落下,
小河呵,你是生长在什么国家!
你好比牧童出身的一位将军,
雄赳赳指挥着千军万马!

    1951年12月2日,于赴梯比利斯车中

美 丽 颂

是谁给黑海绣起了这样的海岸,
迷人的美丽使人回到少年;
你看它惹动得一个个波浪嘻笑,
举着一朵朵浪花亲着岸边。

岸边哟像一匹看不尽的绿锦,
可爱的棕榈树给草花张起小伞,
橘林的火焰像要把楼阁燃起,
鸟儿的合唱跟浪声不能分辨。

到夜来明灯在高山绣起宫殿,
处处花丛间射出彩色的喷泉,
柏油路伸展开几千百里,
路灯像累累的葡萄垂向地面。

是谁更增添了山川的明灿,
长风飘起了姑娘们的发辫,
我看见当她们的眼睛投上海水,
海水也随着她们的眼采流连。

孩子们总喜欢在水塘边游玩,
从他们的小手里撒下小小的纸船,
纸船儿载起他们童年的梦悠悠走远,

他们已听不见父母的呼唤。

矿工夫妇们总爱坐在深深的树丛，
他们的窃窃私语像轻风不停，
纵然他们的孩子已在膝上睡眠，
他们已忘记了时光的早晚。

人间的美丽呵，美丽的人间，
你是这样地让人留恋！
我真想变成一条缠绵的河流，
去载起全世界弟兄们的游船。

正在我沉醉的一瞬，又想起了朝鲜，
朝鲜也有这样美丽的山川；
可是她秀丽的青松被炮火杀倒，
歌舞的地方变成了焦土、浓烟。

我见过白衣人倒在自己的屋舍边，
只有风刮着的门儿将他的主人呼唤；
我也见过小小的孤儿爬上了荒山野岭，
山草摇摆着，他的父母呵在哪一边？

从此我的心像插上一把尖刀，
一看见美丽的景物就想起朝鲜；
它使我的心在夜深滴着血滴，
恶魔呀，他们要把人间的美丽毁完！

当那母亲怀里的孩子正睡得香甜，
年轻人的歌声飞上北海的塔尖，
窗前的花对着爱人们安详地开放，
这时呀，有人要把战争送到他们身边！

人间是美丽的,只可恨多了一撮魔鬼,
是他们,玷污了美丽的人间!
山川呵,你使我迷恋,也给我以英勇,
我知道,怎样才对得起生我的美丽的江山!

1951 年 12 月 6 日,于索其

第十辑

火红的年月

写给同志也写给自己

——祝党的第八次代表大会

在金瓦红墙的都城，
在金葵花摇曳的秋天，
同志们聚会在这里，
正在和新的历史交谈。

我的满身风尘的党呵，
你是多么壮丽的兵团！
我们久经战阵的士兵，
在倾听你新的预言。

闯过几十年风雨烟火，
你的预言已经实现，
你带着满身的战伤，
把祖国多年的血泪揩干。

全世界都欢呼我们，
冲破了黑暗的东方战线，
请看世界历史的天平，
倒在了我们一边。

人民到处赞扬我们，
把党比作麒麟比作太阳，

要记下人民的深情呵，
需要有成万的诗行。

我们怎样去报答人民，
我在暗暗地思量：
前面路上还有没有暗礁，
还有没有险恶的风浪？

我不担心大海的暗礁，
我相信舵手们的眼光，
在晓雾漫漫的大海，
我们能浩荡地远航！

我也不担心险恶的风浪，
我的同志是英勇无双，
当黑云卷着恶浪涌来，
我的同志会加倍坚强。

那末是什么该我们警惕，
我们是这样强大无敌？
任何敌人都不能战胜我们，
只有骄傲可以毁坏自己！

毛主席一次次嘱咐我们，
嘱咐我们要谨慎谦虚，
这是让我们的党年年不老，
这是让我的同志花开四季。

同志呵，让我们常常劝勉：
多亲近泥土，亲近风雨，
让身上总带着汽油的香味，
让身上总带着稻花的气息！

不要忘吃草根和黑豆的年代,
不要忘我们的粗布军衣,
我们的大家庭虽有金山银山,
丢一颗螺丝钉还是那么可惜。

不要忘山村水乡的那些母亲,
不要忘一同睡过破炕席的兄弟,
也不要忘缝缝补补的姐妹情义,
他们的烦恼和困难要多多深思……

这是我们的本色也是来历,
把它像石碑一样刻在心里!
人民,这就是共产党员的"上帝",
所有的"上帝"都比不上他那样神奇。

我们怎样来还要怎样向前走去,
这就是我今天的几行心意。
同志呵,看前面又是好花满山,
我才写给同志呵也写给自己……

1956 年 9 月 15 日,于北京

我骑着红马……

我骑着红马飞到新疆,
我听见遍野都在歌唱。

看四外不见一个人影,
也没见一个牧羊姑娘。

莫非这是大戈壁的风沙,
风沙声哪有这样响亮。

原来呵,这声音来自地下,
是石油卷起了汹涌的波浪。

仔细听这声音,我吃了一惊,
它们的情绪不很正常……

它喊道:你们都翻身得到解放,
为什么我就不能看看太阳?

嘿嘿,看来是原因只有一个,
祖国还有懒孩子,懒惰的姑娘!

我忙说,石油老兄,请你煞煞怒气,
这样的提法值得考虑……

他叫道:哼,你不要把我当傻瓜来诓,
他们是害怕戈壁滩上的风霜!

我也发怒了,我说:
你不要把我们的青年冤枉!

看那边,是谁迈着嗵嗵的脚步,
他们呵,已来自祖国的四面八方!

1955 年 5 月 26 日,于长辛店

新琵琶行

洛阳龙门,白居易墓田,形如琵琶。

洛阳龙门口,
清清洛水边,
有一支美丽的琵琶,
轻托着诗人安眠。

我扶着驳落的石碑,
吟哦着他的诗篇;
蓦然间——
煤矿疗养院的琴声,
也飘过了香山。

我心里一阵激动,
轻轻把诗人呼唤:
听你那卖炭翁的子孙,
正在漫弄琴弦。
诗人呵,
快写一曲"琵琶"的续篇!

柏枝颤巍巍地摇摆,
琴声伴着流泉,
我仿佛看见诗人的涕泪,

又打湿了他的青衫……

1957年1月25日,谒白居易墓

遇红星集体农庄的汽车

一辆绿油油的汽车,
奔驰过我的身旁,
我心中腾起一片柔情,
目送它奔向远方……

并不是它的模样儿新巧,
也不是它的颜色漂亮,
它闪过一行耀眼的白字:
"红星集体农庄。"

若是在未来的年月,
这事情该多么平常,
可这是"穷棒子"新买的"骏马",
第一次奔驰在繁华的街上。

你看它多么扬长自得,
像匹机灵的小兽一样;
又像它的主人那般淳朴,
车轮上沾满黄色的泥浆。

我愿这绿油油的汽车,
每个农业社都有十辆八辆,
到晴天去载运丰收的五谷,

下雨天去接送看戏的姑娘!

    1957 年 10 月 28 日,街上归来

草 木 歌

波 斯 菊

草木谢了,
我还有半园子波斯菊。

它扬起千朵繁花,
像一个奇丽的兵团,
驻扎在这里。

有一天,
我要顺手采下一朵,
它飘飘曳曳,
仿佛向我低声细语:

朋友,我只不过是平凡的一朵,
靠着弟兄们的彩色呵,
我们可以同最名贵的花族相比;
假若你单单地把我带去,
并不会如你想象的那般美丽……

我点点头,默默地望着它,
看它舞起了千朵繁花,

飘洒洒,飘洒洒,
像追着秋风向前进发……

牵 牛

我屋后,草花满小丘,
窗前,一架牵牛。

每天牵牛花随着黄昏凋谢,
早晨又有千百朵跃上檐头。

谁说牵牛花的生命短暂,
它像前仆后继的战士不愿落后;

谁说它的花朵容易枯萎,
花期比牡丹还要长久!

石 榴 树

榴花红似火,
燃起窗前树。

性格如战士,
容颜似村姑。

不怕七月流火,
才披上阳光风采;

胸膛上滚过雷雨,
秋后才满怀珍珠。

向 日 葵

圆圆盘，圆圆盘，
每天仰笑脸，
向着太阳看。

圆圆盘，圆圆盘，
如同太阳的形象，
升起金色火焰。

最喜秋熟时，
满庭院，
万粒籽盛满碧玉盘：

而这时，这时呵，
它却向着太阳和大地
深深地鞠躬，
害羞地垂下了自己的脸。

1957 年秋

唱支山歌寄故乡

——为河南省青年社会主义建设积极分子大会而作

唱支山歌寄故乡,
献给党的好儿郎。
我看见红光罩满黄河岸,
我听见你们的战鼓响。

我听见你们的战鼓响,
千里外,我闻见你们的汗珠香。
故乡原是苦难地,
看今天,它摇身变成百宝箱!

人都说,狮子跟着麒麟走,
又说是孔雀展翅随凤凰;
好儿郎跟定共产党,
干劲要赛过故乡黄河浪!

1958 年 8 月 12 日,于北京

火红的年月

——1958 年 6 月写于十三陵水库工地

记出发前夜

我找出褪色的旧军衣,
试一试,称心合意。

戴一戴破边儿的旧草帽,
仍可遮烈日风雨。

把军用水壶的灰尘擦净吧,
它曾是我亲密的伴侣。

这双四十号球鞋也很好,
它不怕田野上的黄泥。

行李卷儿打好了,
静等着集合号把晨光唤起。

我想,出发前,
最好再唱一支老八路的歌曲。

记 冲 锋 号

十三陵水库工地，
皆用冲锋号代接班号令。

"哒哒哒，嘀嘀嘀"……
冲锋号声又响起。

我热血沸腾扬起头，
像战马的长鬃被风吹起。

听坝南坝北人呐喊，
红旗飞舞在烟尘里。

为了攀上世界最高峰，
好战士哪怕上云梯！

记 烈 日 下

烈日当头修大坝，
身上汩汩流汗水。

姑娘捧水来回叫：
同志同志来饮水。

热风吹斜她的旧草帽，
汗珠跌在热沙堆。

我接过水来饮一口，
才知人间甘露美。

甜在心头不敢忘,
誓从天宫引湖水!

记女拖拉机手

嗨唷,嗨唷,
两臂酸痛,
轱辘马儿推不上。

猛抬头,
姑娘驾着拖拉机,
来到身旁。

她来了,
同志们不由得
用两只泥手鼓掌。

瞧轱辘马儿,
像一队幼儿园的孩子,
被她笑眯眯地牵上。

你看哪,
她驾着半人高的红胶轮,
多么威武堂皇!

你看哪,
她端坐在车中央,
像挽着两轮月亮。

你看哪,
她油渍斑斑的工作服,
比嵌着宝石还要辉煌。

你看哪，
她黑里透红的脸膛，
说不尽的勇敢安详。

我们扶着轱辘马儿，
不绝地
前呼后唱。

我们也簇拥着她——
拖拉机手，
呵，我们时代的女皇！

记　歌　手

这里没有舞台，
一片烟腾腾的土坡。

我们两位歌手，
来到这里唱歌。

不曾携带丝弦，
嘿，这也没有什么；

听，推土机赶来伴奏，
红旗按着节拍。

你唱一支歌，
同志们满身轻爽汗珠落。

你唱两支歌，
我管保大坝长上一尺多。

唱吧,唱吧,
你最好再唱第三个;

到明日,你的歌,
会变作蓝色的湖水荡银波!

红领巾水库新闻

孩 子 们

党委书记说:
"孩子们!
我们要集资修水坝。"

孩子们闹欢啦:
你东村里拾粪,
我西山上把柴打,
有的在树下捡槐籽儿,
看谁的堆儿大。

党委书记说:
"孩子们!
我们要动手修水坝。"

孩子们乐坏啦:
你来背土我来挖,
跌倒了,赶快往起爬,
回家去,
切不要告诉爹妈。

党委书记说：
　"孩子们！
　不要累坏了，
　十三岁以下的不能参加。"

孩子们——
孩子们掉泪啦。
那眼泪，
像一串串明珠，
被收入水坝……

1958 年 4 月 13 日

大　石　夯

这盘大石夯，
取自南场，
夏秋碾麦谷，
今天抬来做大夯。

这盘大石夯，
重七百斤，
起落不寻常。

谁来接，
要你汗水用斗量。

看，
有人接过这盘夯；
一声喊，
高举过胸膛，
重重落地，

夯歌声激昂!

大石夯,
从东到西,
从南到北,
打成梅花样。
大坝上人声欢腾,
山岗也鼓掌。

要问这是谁,
架起这盘夯,
长陵乡里八姑娘;
脸上流汗水,
发上结白霜。

轻视妇女者,
请看大石夯!

1958 年 4 月 9 日

老　牧　人

这老人,
七岁放小羊,
十三岁放大羊,
十七岁赶牛群。
山风苦雨,
送走了六十冬春。

这老人,
现在是社里人。
社员敬重,

社长信任，
妻子知寒温，
好日月
片片如黄金。

北山修水库，
工程正紧，
老牧人睡不安稳。
夜里提着灯笼修水坝，
又迎着晨星放牛群。

只有一件事，
急恼了老牧人：
我夜里上工地，
是我的一片心；
社长呀！
你要记什么工分，
叫人听着多寒碜！

1958年4月9日

无名氏赞

这个人我对他多么崇敬，
可惜我打探不出他的姓名。

星期天的早晨他赶到坝上，
骑一辆脚踏车行色匆匆。

这水库离京城相去百里，
一路上陪他的只有街灯。

他自称是京城的一个工人,
来添上一把土也心中高兴。

说着他挤进了劳动人群,
把黄土和汗珠倾入坝中。

直等到满天星集合完毕,
他才又骑上脚踏车匆匆回城。

他家里的茶饭呵是热是冷,
一路上陪他的还是街灯。

湖水呵,
我想把他写到光荣榜上,
可惜我打探不出他的姓名!

1958年4月8日

探 亲 的

一九五八年的事情真稀奇,
我没有见过这样探亲的。

一个少尉来到工地上看弟弟,
山坡上,两个人谈得多甜蜜。
要问谈的什么话,
咱外人可摸不清这底细。

只见谈着谈着,
弟弟挽起了袖子;
谈着谈着,
哥哥脱去了棉军衣。

两兄弟呀两兄弟,
抢过土筐,向着大坝冲去。

工地上的人们,
脸上笑眯眯,
也带着几分惊讶神气。
仿佛说:
　　从古至今,
　　你们谁见过这样探亲的!

1958 年 4 月 10 日

新　娘

大坝之上笑声嚷嚷,
一个战士复员还乡。

昨晚刚刚跨进家门,
今天一早来到坝上。

这件事儿不算稀罕,
哪有战士不爱故乡。

只有这事新鲜别致,
后面跟着一位新娘。

战士在前拿着扁担,
新娘在后提着箩筐。

小伙姑娘挤挤嚷嚷,
白发婆婆指指讲讲。

新娘连忙低下头去,

抬起土来心中发慌。

夫家虽有好山好水，
不敢抬头细细打量。

1958 年 4 月 12 日

细流弯弯

我站在大坝上，
望着这座山谷；

在眼前，
细流弯弯，
汇成了碧水一湖。

回想当年，
我也战斗在山谷；

山谷呵，
在荒草小路上，
我也曾为你祝福。

有时节，
山风呜呜，
风声里我听见了火车响；

深夜里，
那山林激昂的音节，
我当是汽笛纷繁的欢呼。

至于这细蛇般的山溪，

对我们当兵人,
自然是恩情无数;

可笑我——
我呀没想到
你变成大地的明珠。

听人讲,
湖畔上,
还要种上更多的桃李树;

听人讲,
红叶飘落时,
将有数百架葡萄,
贴着山膀儿成熟。

听人讲,
夏景天,
山间老人,
将初次看见轻舟摇渡;

听人讲,
到来年,
鲜鱼的香味,
将飘满山村的小屋。

湖水呵,不久后,
五彩电灯,
也会挂上香幽幽的核桃树;

……到那时,
你们平川人,

谁不爱我们的山谷!

我站在大坝上,
望着这细流弯弯,
也望见它的来路和去路;

人民呵,
你正像这朴素的细流,
党的手,
使你汇成了碧水一湖!

    1958年4月12日,游青龙泉红领巾水库

秋 夜 偶 拾

深夜铆钉声，
宛如机枪鸣；
电焊白光照我院，
满地柳树影。

气锤如战鼓，
叩击我窗棂；
最喜铁水出炉时，
蓦然窗纸红。

我心如轻舟，
泊在春潮中；
但愿笔底腾烟火，
陪我的好弟兄！

1959 年 9 月 20 日，于邢台

题 护 士 像

白衣飘飘,
皎如白雪,
救死扶伤,
心肠最热。

谁说姑娘,
劳动轻贱,
我说姑娘,
仙子下凡。

1958 年,于医院

赠北戴河疗养院

钢铁厂的铁水胜过天上的红霞,
纺织厂涌流出雪白的棉纱,
大地上是花果与庄稼的绿海,
请问你疗养院出产些什么?

疗养院一不出艳红的铁水,
疗养院二不出雪白的棉纱,
可只要革命战士从我们身边走过,
他就会更快地策动历史的骏马!

1960 年 8 月 30 日,于北戴河

赶　海

东方欲晓，快起早，
昨夜大潮起，
海滩上珍宝有多少！

看人影憧憧，
听笑语吵吵，
晨风里
男女同志齐上道。

这边厢，
小姑娘笑声最高，
尽管星斗满天，
她还埋怨起迟了。

那边厢，
白发飘飘，
只有冰凉的露水，
知道老同志脚步沉着。

举头看，
我们的老朋友——
启明星发出微笑，
好像赞美我们的队伍

永远不老!

同志们,向前走,
再涉过大河一道,
管保大海赠你一轮红日
和彩色的贝壳一抱。

      1960年7月,写于北戴河

布 谷 鸟

布谷鸟又叫了,
布谷鸟又叫了。

歌声穿过早晨,
她的歌叫露水打湿了。

歌声飘过田野,
她的歌叫庄稼染绿了。

布谷鸟,
你是劝人勤勉,
劝人向上的鸟,
我看你比鹦鹉好。

那鹦鹉嘴倒挺巧,
劝人行乐须趁年少,
可是不种上庄稼呵,
肚子哪能吃饱?
想到这里,
我就更爱布谷鸟。

1963年,于石家庄

第十一辑

橄榄树

寄埃及人民

少年时我打开历史的篇章,
就听见尼罗河光荣的音响。
文明古国的人民呵,
我对你怀着深深的敬意,
虽然我生在远远的东方。

可叹尼罗河流着过多的血泪,
就像我们昨天的黄河、长江!
我们的命运怎么这般相似,
虽然我们是在远远的东方。

呵呵,多么坚定的勇士呵,
今天你站起在尼罗河上!
你手扶着高高的金字塔,
把殖民主义的丧钟撞响。
他们呵,他们再收不回失去的时光!

中国人领教过他们的恐吓,
中国人也领教过他们的刀枪,
我们的庄稼汉俘虏过成百的英国武士,
美国佬也向我们的放牛郎跪下缴枪。

让他们去恐吓吧,

不列颠的"狮子"就是这样：
你要硬，他就会低下头去，
你要软，他就把绅士的头颅高昂。

坚持斗争吧，英勇的埃及人民！
时代的脚步是站在你们一方。
不要忘埃及的背后有六万万中国兄弟，
尼罗河的朋友还有宽阔的黄河长江！

1956年8月19日，于北京

连长呵,你听我说

连长呵,你听我说,
你呀你听我说,
尼罗河上的炸弹声,
激起了我心上的火!

运河是埃及开凿,
在埃及土地上流着;
为什么呵,为什么,
不能收回运河!

这些老牌海盗,
竟然点起了战火,
只要老板的钱袋装满,
哪管人血染山河!

我既是人民的士兵,
怎么能这样儿呆着;
连长呵,到底有什么任务,
快把任务给我!

你说是江呵还是海,
是冰雪还是沙漠,
我跟着党走南闯北,

闲话从没有说过。

我恨死了这撮丑鬼,
赶他们变成了粉末。
我的血已经沸腾,
它需要前进的号角!

要说起援助别人,
我心里更加乐和;
我是解放了的中国人,
这是分内的工作。

要说打外国强盗,
在朝鲜就已经干过。
刘光子一次捉了六十多,
这一回,量我也能捉它几个。

老实说,我当兵,
就为的是对付这批家伙,
地球上要没有帝国主义,
就是元帅我也不做。

连长呵,我总是想,
有一天他们死得不剩一个;
那会儿,我们士兵的心哪,
那该是多么快活!……

1956 年 11 月 6 日深夜

北 京 记 事

我从工地回来,
带着满身灰尘,
脸上笑吟吟。

我想着那葡萄山,
玫瑰谷,
不久就要抱着湖身。

我一路走,
一路唱,
那边飘过一片歌音。

哦,路边上,
停放着一大担蝈蝈,
好一座音乐的城镇。

看这田园琴手们,
舞长须,抖绿袍,
琴声奏得多起劲。

那一个个
红秫秸篾子编成的笼笼儿,
看去可真爱人。

我一问，
价钱也不贵，
胜似买一把胡琴；

心想着，
小儿子看见它，
准保会飞出大门。

可是,这时候——
忽然听到说：
美军侵略黎巴嫩……

我呀，
我提着的蝈蝈笼儿，
像一下重了几斤。

望望远方的天空，
我的心，
我的心又痛,又恨……

蝈蝈又叫了，
多乏味！
好像一霎时，
谁偷走了它那好听的声音。

这时呵，
我恨不得抓过来那些狗东西，
一把掐死他们；

好让天下的孩子，
听着床头上的蝈蝈声

长大成人!

1958 年 7 月 22 日拂晓

愤 怒 的 城

记京都一百二十万人民
在英国代办处门前示威

"滚出约旦!"
"滚出黎巴嫩!"
呐喊声,一阵又一阵。

只听得一片:
滚!滚!滚!
好像是几百门重炮,
轰击城门。

我曾在战场上,
听见过这声音:
喊声起处,
看坚城昏迷倒地成碎粉。

我也在工地上,
听见过这声音:
喊声过后,
拦洪坝昂头攀上半天云。

如今在这里,

又滚过这声音:
战争贩子们,
怎不屁滚尿流吓掉魂!

听着这呐喊声,
我激奋,
我惊叹,
中国人的反帝精力无穷尽。

为了帮朋友,
哪怕火烧身,
我骄傲,
我们有这样的好人民!

听!喊声又起了,
一阵,一阵,
滚!滚!滚!

要是他说出半个"不"字,
这喊声,
会立刻变成刀,
变成重炮,
变成埋葬敌人的枪林!

1958年7月,于北京

对 话

美军侵略黎巴嫩,其借口是:"保护侨民。"

美国"侨民":
　　总统先生,亲爱的,
　　你对侨民多关心。
　　可是遗憾得很!
　　你把我们丢到这儿,
　　却从来不问一问。

艾森豪威尔:
　　对不起!
　　我们仿佛见过面,
　　可一时又不敢认。
　　请允许我问一声:
　　你们到底是什么人?

美国"侨民":
　　哎呀!
　　刚刚分别了几年,
　　您怎么就忘了我们?
　　我们是地地道道,
　　道道地地的美国侨民!

艾森豪威尔：
  呵哈，原来是老朋友！
  我能否问你们侨居在哪里？
  生活可还优裕安稳？
  是否有共产主义的侵略，
  威胁你们的生存？

美国"侨民"：
  说起这儿的生活，
  既优裕，又安稳，
  更没有什么共产主义，
  威胁我们的生存。
  只是这里的国境严森森，
  再不许我们回去见亲人！

艾森豪威尔：
  咦！这是什么国家，
  这样骇人听闻！
  我要马上提出抗议，
  要他们，
  把归国护照发给你们！

美国"侨民"：
  说起这个国家，
  一派阴森森，
  总统是大名鼎鼎的阎君。
  不过他也说，
  是"自由世界"的一部分。

艾森豪威尔：
  哎呀！
  原来你们是鬼，不是人！

来！快打鬼！
你们这些倒霉鬼，
为什么要侵略我这老年人！

美国"侨民"：
不，不，
我们是和您一样的美国人。
只是在侵朝战争里，
我们才迁到这里当了侨民。
亲爱的，快来保护我们吧，
我们是地道的美国侨民，
亲爱的，快给我们归国护照吧，
您是最关心我们的人！

1958年7月，于北京

橄 榄 树

——访问希腊的组诗

> 橄榄树是不死的。
> ——希腊谚语

最古老的橄榄树

我踏上希腊的国土,
看见了一棵最古老的橄榄树;

听传说,它那蓬勃的绿伞,
荫护过白髯飘洒的柏拉图。

看那几千年的风沙呵,
使它披上了太厚的尘土;

看那无数的虫豸们,
几乎要将它蛀成了枯木;

可是它那伤痕斑斑的身躯,
依然抗拒着阵阵的雷火;

飓风呵,也只能扫落它的绿叶,
却不能使它的躯干倒伏。

橄榄树是不死的,
你看它新枝怒发,
像年迈的母亲高举起欢笑的儿女;

它那看不见的深根呵,
曲曲盘盘,
一直连接着地下的江湖。

橄榄树呵,橄榄树,
你的新枝,
一定会长成擎天的大树;

橄榄树呵,橄榄树,
你的未来,
一定会胜过你的远祖!

1960 年 5 月 25 日,于雅典

最美好的晚餐

我坐在餐桌前,
是喜欢呢还是心酸;

今天是几个穷朋友,
请我们赴这席晚餐。

你,头发斑白的诗人,
金石的诗句换不来一包香烟;

你,终年劳苦的画家,
比不上美容师挽一个新奇的发鬟。

希腊,你这诗和神话的国土呵,
古文化比顶空的银河还要灿烂;

而今天,任何高贵的智慧,
都不值一双高跟鞋钱!

我擎起一杯酒,脸上带笑,
晚餐却难以下咽;

朋友呵,并不是菜淡酒薄,
是我想起你们的艰难。

实在说,这一支羊肉串呵,
胜过你们国王最豪华的盛筵;

这一杯金黄的松脂酒呵,
足可以使我记忆几十年!

1960年6月8日,于雅典

青青的草地

这里,青青的草地上,
掩埋着几百战士的躯体。

想当年,他们昂首高歌,
倒在法西斯的枪声里。

到今天……
蔓蔓青草随着荒烟长起;

只有从随风飘摇的野罂粟,
才能想见他们当年的血迹。

今天,在希腊的土地上,
即使死人也有了罪过;

请看那被推倒的纪念碑,
只剩下一片可怜的瓦砾!

我怀着深深的悼念向前走,
忽然又被警棍拦住——

据说是,要拜谒死者,
还要经过希腊的警察局!

1960 年 5 月 25 日,于车中

海　边

朋友为我们举盏,
红玫瑰开满海边,
阳光很好,海水很蓝,
对岸的小岛呵,
也像是停留不散的蓝烟。

酒席上正在畅谈家世,
一位希腊女人默默无言;
原来就在对岸的小岛上,
她的未婚夫流放了十年。

在反法西斯战争的年月,
他们是多么亲密的伙伴,

他们一同把战斗的足迹，
布满了祖国的橄榄园！

可是黑云紧接着黑云，
又遮住了希腊的地面，
当年的卖国贼做了高官，
年轻的未婚夫却投进了牢监！

对岸的小岛呵，
你离我们近呢，还是很远？
你使得多少夫妇不能团圆！
说你远，你明明就在对面，
说你近，还不如远隔天边！

希腊女人呵，
看我们都在为她心酸，
她微笑着站起身来，
高举起明亮的杯盏。
她说："那小岛终久要变成圣地，
为了那一天，
我还要等他几个十年！"

朋友呵，
你等的那一天并不会太远，
在对面烟水里，
会摇出插满鲜花的渡船。
到那时，这一丛丛红玫瑰，
都会要笑出眼泪，
到那时呵，阳光更好，海水更蓝！

1960 年 5 月 31 日，由伯罗奔尼撒归来途中

给一个希腊孩子

感谢这船只小小的停留,
斯佩泽岛赐给我一个朋友。

我的朋友是一个十三岁的孩子,
他的名字叫雅尼斯。

他穿着破旧的短裤,一头好看的鬈发,
我们彼此用眼睛说了最珍贵的话。

他嘴上的话我却只有一句能懂,
他用奶腔的音调低唤着毛泽东。

短短的停留呵,
一霎时又被无边的蓝水隔断;

在那茫茫的烟水里,
我仿佛还能望见他可爱的小脸。

我有心给我的朋友写上一封短信,
又怕小胡子警察到他家里访问。

想到这里不由一声长叹,
把感情就扔到这海水里面!

1960 年 6 月 2 日,于船中

登雅典卫城

我登上雅典雄伟的卫城,

想起你古希腊往昔的光荣。
你那巴特农神殿呵多么壮丽，
只可叹它的殿顶已经倒倾！

希腊呵，我不想歌唱你的残堡和夕阳，
只盼望你古老的土地腾起春光。
总看那一处处夕阳染红残堡，
只会引起我无限的哀伤。

仰望着满天云霞的流动，
我想起阿波罗在云间驰骋；
他那金色的马车哪儿去了，
只见美国飞贼在玷污你的天空！

我本想来寻访荷马的歌声，
你那人民的呻吟却更加沉重。
那山山坳坳的夹竹桃纵然红遍千里，
又怎能遮掩住人民的贫穷！

我多么想歌唱你海水的碧蓝，
它多情地轻托着渔人的风帆；
可是爱琴海的鱼儿填不平债务的深渊，
住在海边的渔家吃不起咸盐。

唉，最后我想歌唱你美丽的山河，
可是小胡子警察比苍蝇还多，
多少英雄的子弟被囚禁在海岛，
谁忍心去细看你那美丽的山河！

我站在这卫城上低头思量，
这一切都引不起我的歌唱。
我要高声赞颂的只有一个：

这就是千万个希腊英雄的儿郎!

我面前有一支高高的旗杆,
它兀立在几十丈高的悬崖之上,
想当年格列索斯就从这里冲上城头,
这就是他把卐字旗撕碎的地方!

是谁唱永恒的太阳它把海岛镀成金,
这里除了太阳,一切已经消沉;①
今天我要同诗人高声辩论:
古希腊依然是普洛米修斯的灵魂!

1960 年 6 月

礼 物

"同志们,请收下吧,
请收下我们的礼物;
做这礼物的不是工匠,
是我们戴着镣铐的丈夫。

当他们战斗在希腊的山林,
常记挂着太行山上的队伍;
当红旗从天安门前飘起,
他们手扶铁窗向着东方欢呼。

这一件小小的帆船,
是在镣铐声里做成,
这里有多少希望多少爱,
都交付给你们的党中央和毛泽东!"

---

① 指拜伦所作《哀希腊》。

我双手捧起礼物,
止不住热泪涌出;
亲爱的姊妹呵,
为了怕引落你们的眼泪,
我又把热泪止住。

从这一叶叶风帆上,
我听出了无尽的镣铐声,
虽然隔着千重山万重水,
我们也知道这镣铐的沉重!

请把一个朴素的真理,
转告给你们的丈夫:
  总有一天,
  囚徒会变成自由人,
  那些自由人也会变成囚徒!

1960 年 6 月 12 日,克里特岛归来

第十二辑

井冈山漫游

井冈山漫游

井冈山呵,井冈山,
你沉睡洪荒几万年!

山泉水日夜声呜咽,
自开自落红杜鹃……

忽然无边秋雨中,
你高举红旗迎秋风;

一霎时千里雷声万里闪,
雨过天晴好山川。

不朝圣来不拜仙,
我来朝拜井冈山。

人说你五千八百尺,
我说你天下第一山!

远望那井冈眼花迷,
高岭层层紫烟起。

近望那井冈林木密,
好似当年井冈旗。

山山径径花不断，
斑茅仰天射长箭。

深谷里急水叩山鸣，
好似红军鼓角声。

杉树岭来樟树岭，
盘道弯弯上大井。

绿水绿山绿围屏，
红泥小舍绿谷中。

毛主席十月上井冈，
秋风飒飒秋雨凉；

请问村前小板桥，
可记得多少秋雨压衣裳？

中国大地黑呵黑重重，
只有井冈灯花明。

一点点灯花照万里，
谁不感激指路灯！

红泥小舍呵是革命船，
云雾茫茫送征帆；

天开云散回头看呵，
谁不感谢井冈山！……

出了大井面带笑，

我又跨上羊肠道。

青石小路野花开,
羊肠小路不算小。

性急的人儿爱走直路,
到得头来惹人笑;

自从那革命战马奔井冈,
才寻见柳绿桃红阳关道。

掐把野花歇一歇,
奋步奔上汪洋界①。

我高唱汪洋界上炮声隆,
一举登上最高峰。

汪洋界,山势高,
井冈外,白云滚滚卷波涛。

白云西来乘西风,
要往井冈山里涌。

看呵井冈群峰手牵手,
挡住白云不许走。

井冈山不怕西风号,
满山竹林舞长矛!

一岭岭杉树迎山风,

---

① 汪洋界:井冈山五大哨口之一,山外白云滚滚,有如一片汪洋。亦即"黄洋界"。

好似当年喊杀声。

一阵激战白云退,
草木笑它洒清泪。

白云哪,我笑你妄想上井冈,
只留下残甲片片随风飞……

看罢流云下山坡,
哨口上,古树招我身边坐。

我问古树名和姓,
井冈山上一老柯。

我问老柯几多岁,
老柯欠身把话回:

  我看过千年井冈月,
  我披过千年井冈雪。

  当年红军挑军粮,
  常来我的身边歇。

我向古树来致敬,
老柯老柯你最多情。

  我老柯长在荒山里,
  只有将一片绿荫赠宾朋。

我问挑粮多劳苦,
汗珠滴滴你可曾数?

汗珠落地吹不散,
请你去看井冈泉……

三两蝴蝶迎面来,
翩翩恋恋入我怀。

我向蝴蝶点点头,
她又引我朝前走。

忽听前面有琴声,
疑是仙乐落谷中;

拨开一条斑茅路,
原是山溪响叮咚。

井冈山里井冈水,
井冈溪水音调美。

站在山坡细细听,
是谁呀,怀抱琵琶过茨坪。

我紧紧随着琵琶声,
不觉来到茨坪东。

咦,五马朝天①五座岭,
截住溪水不放行。

高高崖上站枫树,
笑看溪水逢绝路。

---

① 五马朝天:地名,在茨坪东南五里许刘家坪,有大瀑布。

前面更有山几重，
横在半天似铁城。

井冈山里井冈水，
遇到绝路决不回。

千丈飞川下深谷，
琵琶声一转成怒雷。

一道雪浪几十里风，
远远近近林木惊；

惊得枫叶飘飘下，
五马朝天抖长鬃……

井冈水来自井冈泉，
永远不叹行路难；

越是路上多险滩，
你的浪花才越好看！

井冈水来自井冈峰，
哪怕人间路不平；

越是路上多险程，
你的歌声才越好听！

井冈山里井冈河，
路上花多泉更多。

哪有好花不朝阳，
哪有泉水不唱歌！

八千条飞泉天外来,
八千条山泉挂山崖;

条条山溪要出幽谷,
条条都带歌声来。

队伍越走越壮阔,
大水小水来会合。

来会合呵扬洪波,
大家齐唱呵井冈歌。

井冈洪波呵力无敌,
怪石恶岭呵冲成泥!

井冈水浪呵永不败,
万里欢腾呵朝大海!

井冈山里哟井冈水,
井冈河水哟音调美。

请你收下我歌一曲,
我也是你的一滴水!

走过一冲又一冲,
漫步来到老茶亭。

亭后绿竹几十竿,
亭前几枝野花红。

想当年,老茶亭上唱山歌,

送走了多少红军哥。

红军哥哥走四方,
一双草鞋一支枪。

为了天下受苦汉呵,
哪怕鲜血染他乡!

听见你的步伐声,
悲叹的茅屋飞红缨。

听见你的军号声,
城堡倾在烟火中。

你吃过多少苦中苦,
你走过多少艰难路。

几十年飞马报捷音,
哪里没有井冈人!

不是你草鞋带春风,
大地草花要苦苦等;

不是你的枪刀明,
黄河怎停止叹息声;

不是你穿过万重岭,
我哪能歌声接歌声;

不是你扑过急流攀险崖,
我怎么接过火把来!

井冈土地多芬芳,
满山樟树万里香;

万里香呵香万里,
人中的樟树就是你。

红军哥呀红军哥,
没有你来哪有我。

当这桃李满园春荡漾,
叫我怎不满含热泪谢井冈!……

井冈景色记心头,
要走不走又停留。

我像井冈山上云,
挽住山树不愿走。

不愿走呵手一挥,
下山不住把头回——

转身伏在溪流上,
井冈呵,我再饮你一捧水……

1961年8月游井冈山,
次年1月上旬记于郑州

赞 歌

黄河长江哟,
滚滚流;
一代代英雄哟,
不断头;
数数咱家的英雄谱呀,
穷棒子中国最富有!

革命巨流哟,
斩不断;
革命火把哟,
往下传;
十年前,
黄继光献身在上甘岭,
七年后,
他又登上喜马拉雅和昆仑山!

昆仑山上哟,
雪漫漫;
冰山冰谷呵,
走冰川;
莫再说蜀道难于上青天,
你比蜀道更艰难。

喜马拉雅哟,
多峭壁;
万重峭壁哟,
插天际;
藤索桥上山羊惧,
古栈道搭在白云里。

尼赫鲁欺人太甚,
真难忍!
大反华噪声一片,
不堪闻!
真难忍,不堪闻,
我战士怒火滚滚烧昆仑!

正是这怒火呵,
使你攀上万丈峭壁;
正是这怒火呵,
使你趟开满山荆棘;
正是这怒火呵,
降下了震天的霹雳;
正是这怒火呵,
才打得这样痛快淋漓!

一霎时,
尼赫鲁尝到了应得的捶击;
一霎时,
直疼到肯尼迪的心里;
一霎时,
引起了全世界拍手大笑;
一霎时,
臊红了一些人厚厚的脸皮!

呵,我那可爱的战士们!
你们一个个呵,
都是新月弯弯的年纪;
你们许多人哪,
还没有穿破第一套军衣;
算一算,你们摘下红领巾,
才经过几个花红柳绿……
你们哪,你们哪,
是何等地英雄豪气!

呵,张应鑫,
你慷慨献身扑枪眼,
不愧是黄继光的化身!
呵,王忠殿,
你抵着爆破筒炸碉堡,
真个是董存瑞的灵魂!
还有你,罗光燮,
扫雷开路的年轻人,
你断了腿,
昏沉沉,
枪炸断,
爆破筒儿山下滚;
你冲也无法冲,
站也站不起身,
这时候呵,
你带着满身鲜血,
往地雷上滚……
为了开辟冲锋道路,
哪怕粉骨碎身!
呵,几十年的中国革命,
不正是这样在烟火中滚进!

呵,亲爱的同志们!
正是你青春的火光,
捎来了胜利的喜讯;
正是你青春的火光,
保住了祖国的安稳;
也正是这火光呵,
才冲开了冰雪的昆仑;
也正是这火光呵,
才冲散了头顶上那一片黑云!

      1963年3月19日夜草

悼念敬爱的周总理

——写在 1976 年 1 月悲痛的日子里

惊闻华夏失栋梁,
举国老幼尽哀伤。
松柏枝头花如雪,
白玉栏杆泪万行。

感君创建功勋重,
鞠躬尽瘁五十冬。
每念祖国春光好,
热泪落地静无声。

光明磊落党性纯,
对敌坚定对友亲。
胸如大海含万脉,
团结一切革命人。

一生无私最忠诚,
临终何虑身后名;
愿将骨灰还中华,
明朝故国花更红。

长安街头百万人,
伫立寒夜月西沉;

只为等待灵车过,
满捧热泪酬谢君。

悼念总理情义重,
行列绵绵如长城。
胜过雄兵几百万,
骇浪袭来应不惊!

写在悲痛的日子

——献给周总理的悼词

天空陨落了明亮的巨星,
地上卷过悲痛的飓风。
总理,敬爱的总理呵,
我从来没看到一个人的逝世,
引起这么多人们的伤痛。

天安门前人们佩着黑纱,
五星红旗在半空静静地飘动。
总理,敬爱的总理呵,
我从来没看到一个人的逝世,
如此震撼着人们的心灵。

我们的老人、妇女、孩子,
都在静静地哭泣;
我们的工人、农民、士兵,
脸色多么忧戚。
今天,英雄碑的石阶承受着万行泪雨,
更不知多少热泪又滚回到心里……

总理呵,想起你,
我们怎能忘记:
上海起义的枪声,

南昌城头的红旗,
金沙江边的号角,
茫茫草地的晨曦……
还有那蛇洞魔窟,
临危不惧;
谈判桌前,
怒斥顽敌;
多少战斗的春秋,
多少风风雨雨,
想起来怎不叫人热泪滴!

总理呵,敬爱的总理,
你确是人民大众的忠仆,
朝气蓬勃,
仿佛有用不完的精力。
你终年通宵达旦地工作,
有时合合眼就算作休息。
你真是做到了鞠躬尽瘁,
死而后已……

总理,敬爱的总理,
你真是一个伟大的人,
一个真正的共产主义战士,
你的伟大正在于你的无私。
你的功绩那么大,
仍然是那么谨慎谦虚;
你的位置那么高,
却没有丝毫的野心和私欲。
总理呵,你的灵魂是何等美丽,
从里到外真正是共产党人的本质!

总理,敬爱的总理,

你的胸怀是多么广阔，
总是善于照顾大局；
你对同志是满腔热忱，
像春风一般温暖和煦；
你是人间不可思议的磁石哟，
使我们党像合金钢那样坚固无比；
你又为党争取了那么多的朋友，
使我们从不感到孤立。

总理，敬爱的总理，
为什么你的死使人这样沉痛，
连草木都像在哭泣；
因为我们的祖国需要你，
这个世界需要你，
你不能走呵，我们的总理……

总理，敬爱的总理，
为什么你的死使人这样悲伤，
连群山也都把头低；
因为我们的祖国，我们的阶级，
失去了一位伟大的英雄，
你是我们的擎天柱呵，我们的总理！

在这悲痛的日子，
我看见绵延不绝的人群，
扶老携幼，
伫立在寒风里。
为了等待总理的灵车，
为了向总理告别，
暮色深浓，他们早已忘记。
此时，悲悼的行列呵，
在中国的土地上，

何止绵绵万里!

望着这样的行列,
我的眼泪,
是这样倾流不止,倾流不止,
人民呵,
还有什么队伍比你更强而有力?
在这一刹间,
我看见人民的力量,
将战胜任何的惊涛骇浪;
我看见伟大的新中国,
还要在这世界上巍然屹立。
总理,敬爱的总理呵,
我也像看见你,
像你生前那样向我们挥手含笑,
看我们擦干眼泪,
跨入新的世纪……

1976年2月16日匆草

沉痛悼念毛主席

高高的井冈哟披白云,
山山水水思亲人。

清清的延河哟传来呜咽声,
声声哭的大救星。

大渡河上哟重重雾,
您跨过激流险滩多少处。

雪山高哟草地宽,
没有您哪能有今天!

故国的大地哟多血泪,
是谁唤来春明媚?

漫漫的长夜哟冷似冰,
是谁一朝送东风?

天安门的红旗哟哗啦啦飘,
您的功绩呵比天高!

万里江山哟容颜改,
您的恩情呵深似海!

滔滔长江哟走巨浪，
社会主义革命声势壮；

千军万马哟红旗扬，
迎来万里鲜花放。

中南海夜夜哟灯花明，
巍巍的灯塔指航程。

五洲四海哟波涛涌，
涛声连接北京城。

乘胜进军哟莫迟疑，
大家齐捉苍龙去；

忽闻晴空哟响霹雳，
漫天泪雨呵白云低。

万里黄河哟莫悲叹，
党的勇气冲霄汉；

马列主义哟是罗盘，
坚定沉着脚不乱。

越是谷深哟水流激，
马列的红旗要高高举；

哪怕它浪大哟风雨狂，
毛泽东思想从无敌！

千年的江河哟浪淘沙，

惟有人民力量大；

万众痛恨假马列，
几只妖狐何足怕。

革命的风雷哟震天涯，
车轮滚滚声轧轧；

妖狐胆敢伸魔爪，
定把它碾在铁轮下！

珠穆朗玛哟是最高峰，
奋勇进军呵切莫停；

共产主义哟定实现，
团结战斗呵齐攀登。

生生死死哟心不变，
誓让天下都红遍；

大家齐捧哟胜利花，
导师灵前呵重祭奠！

1976 年 9 月 16 日

自　题

黄河岸上一少年，
不觉霜雪飞鬓边。
烟飘青春从不悔，
雾迷关山志更坚。
鲁师遗训铭心底，
痴牛永俯孺子前。
胸中自有青松气，
尽瘁不唱夕阳残。

1985年春3月65岁生日作

黄 河 吟

忆昔少年时，
泪洒黄河水，
举首向北望，
河山胡尘里。

面对滔滔浪，
泣下五百行，
秋风拂晓月，
束装离故乡。

步迹遍北国，
硝烟送华年，
但愿夜早尽，
鸡鸣赤霞天。

岂不念家乡，
蓬蒿满中原，
如闻黄河声，
呜咽且呼唤。

我今复归来，
地覆天已翻，
喜看黄河清，

丽日照碧川。

顿感天地新，
犹觉未释怀，
我辈肩头重，
沉吟思未来。

我乃黄河子，
壮志誓不改，
愿如黄河水，
奔流向东海。

我乃黄河子，
今来黄河滨，
愿将此生血，
永远献母亲。

1985 年春

音乐舞蹈史诗《东方红》朗诵词

第 一 场

祖国的人民呵,生活在毛泽东时代,有多么幸福;祖国的江山呵,在毛泽东的阳光下,变得多么鲜艳。可是,我们怎能忘记过去的苦难,怎能忘记毛主席带领我们跨过的万水千山!

过去黑暗的旧中国,地是黑沉沉的地,天是黑沉沉的天。灾难深重的人民呵,你身上带着沉重的锁链,头上压着三座大山。你一次又一次地战斗,一次又一次地呼喊;可是呵,夜漫漫,路漫漫,长夜难明赤县天……

第 二 场

工农兵抬起头来,大革命汹涌澎湃。看珠江桥头,铁锤如琳;湘江两岸,红缨如海。革命风暴席卷了大半个中国。

突然间,天空出现了乌云,大地卷起了狂风——蒋介石背叛了革命,大屠杀开始了。中国共产党人和革命群众的鲜血,染红了黄浦滩,珠江口,湘江岸……

但是,人民是杀不绝的,革命是扑不灭的,共产党人是吓不倒的!"他们从地下爬起来,揩干净身上的血迹,掩埋好同伴的尸首,他们又继续战斗了!"

第 三 场

井冈山上星星火,照亮南方半壁天。红色根据地正在蓬勃发展,机会主义者,却把革命的航船引上了绝路,人民的事业又面临着巨大的危险。

在这最危急的时刻,遵义会议,有如一声春雷,把重重的迷雾驱散。毛泽东——我们伟大的舵手,拨转船头,升起风帆,驶过了激流险滩。从此后,毛泽东的旗帜,引导着我们永远胜利向前!

第 四 场

六盘山上高峰,红旗漫卷西风。长征的英雄们,北上抗日,热血沸腾。而蒋介石反动派,卖国投降,一心剿共。对革命的人民,是寸土不让,坚决扑灭;对民族的敌人,却卑躬屈膝,把大好河山拱手相送。看白山黑水,踏遍了日寇的铁蹄;听古老的长城,又响起报警的钟声。多少人家破人亡,多少人背井离乡,满腔愤怒,满怀悲痛。他们都用期待的眼睛,望着中国共产党——中华民族的救星!

第 五 场

八年抗战,人民尝了多少艰辛;八年抗战,人们流了多少血汗。胜利了,躲在峨嵋山上的蒋介石下山了。他仗着自己有几百万军队,靠着美国主子的枪炮子弹,妄想吞掉解放区,把历史的车轮倒转。

人民能够屈服么?不能!革命能够后退么?不能!人民要解放,革命要前进!这是光明与黑暗的决战,这是两种命运、两种前途的决战!听吧,英明的党中央、毛主席发出了战斗的号召:敌人磨刀,我们也要磨刀!针锋相对,寸土必争!最后的胜利,一定属于敢于斗争、敢于胜利的人们!

第 六 场（之一）

亲爱的同志呵！你可曾记得，在那战火纷飞的黎明，在那风雪弥漫的夜晚；在井冈山的哨口，在大渡河的桥边；在青纱帐里，在淮海前线；我们是怎样地向往呵，向往着胜利的一天。

这一天终于来到了！看哪，人人挂着喜泪，个个热血沸腾，流水发出欢笑，山岗也显得年轻，他们在倾听，倾听，倾听着毛主席震撼世界的声音：中华人民共和国诞生了，中国人民从此站起来了。

第 六 场（之二）

美国强盗，不甘心在中国的失败，不甘心在亚洲的失败，他一手霸占了我国的领土台湾，一手在朝鲜点起了侵略的战火。听，三千里江山炮声动地；看，鸭绿江对岸火光弥天。兄弟的朝鲜人民，正用英雄的胸膛，抵挡着敌人的进攻。

祖国呵，我们年轻的共和国！在这严重的时刻，你能打退美国强盗的进攻么？你能战胜他们的飞机大炮么？全世界都在为你担心。但是，我们的党是大无畏的党，是不怕任何帝国主义的党，他毅然决然地发出坚定的号召：抗美援朝，保家卫国！祖国的儿女们！跨过鸭绿江，迎着炮火前进，迎着敌人前进！

第 六 场（之三）

西藏的冰山再高，也挡不住太阳；雅鲁藏布江的流水再急，也挡不住春风。在阳光下，百万农奴站起来了，在春风里，千年的冰雪永远崩溃消融！

第 七 场

滚滚黄河，滔滔长江，和我们同声歌唱。歌唱总路线、"大跃进"、"人民公社"——伟大的三面红旗，灿烂辉煌。在田野里，在高炉旁,在东海前线,在西藏边疆,每时每刻,每一个地方,都闪耀着三面红旗的光芒。旧中国留给我们的一穷二白的土地上,正开遍鲜花,铺满春光。任帝国主义去哀叹,去惊慌,任那些牛鬼蛇神在一旁咬牙切齿,咒骂叫嚷,伤不了我们一根毫毛,更不能把我们跃进的脚步阻挡。让我们更高地举起三面红旗,勇往直前,乘风破浪,实现我们最美好的理想。

第 八 场

我们跨过了万水千山,前面还有更光荣更艰巨的行程;我们的人民获得了解放,全世界还有无数被压迫的弟兄。看西风衰败,东风正盛,五洲震荡,四海翻腾。怕什么叛徒出卖,怕什么敌人逞凶,我们要同全世界被压迫的兄弟,肩并着肩,手携着手,彻底革命,勇敢斗争。只要我们高举毛泽东的红旗,我们就永远不可战胜!

1964 年之夏,写于西苑大旅社

后 记

  我一共出过三本诗集。第一本是《两年》,署名红杨树,于1951年由上海文化工作社出版,是孙犁同志代我编辑的。第二本是《黎明风景》,于1955年由人民文学出版社出版。第三本是《不断集》,于1963年由作家出版社出版。这几本诗集已经二十至三十年没有再版了。这次编的这个选本,将上述三本诗集的绝大部分收录在内。《不断集》出版以来直至粉碎"四人帮",这中间写得不多,但还是写了一些,这次也收到这个集子了。除此而外,热心的朋友从抗日战争时期晋察冀的旧出版物上找到了一些零散的篇什,我手头也还有些未曾发表过的诗作,都从中选了若干。这样,我的诗作,除在战争中遗失的以外,主要的也就是这些了。

  这本诗集,我开始不敢自称"诗选",因为既名曰"选"总应当是精而又精的东西,然而,我的诗的总量不够多,也难以做到这一点。如收得过少,别人也就无从看到我在诗创作上的全貌了。我的诗,主要是战争时期写得多,尤其是抗日战争,解放以后就写得越来越少了。我把1963年的那本诗集取名《不断集》,本来是督促自己要多写一点,可是并没有多少改变。因为很长时期,我把自己的主要精力集中在写长篇小说上去了。写长篇小说就像背着很重的行李爬山,什么时候没写完,就不算爬上山顶。再加上,我还写了不少其他方面的东西,所以诗就写得少了。这本集子里收的东西,很难说篇篇都能使人满意,但有一点是可以说的,即这里的每篇东西,都是作者的真情实感,不是硬写出来的,而是情动乎中才形诸笔墨。不管自己的水平如何,作者是以自己的心去感受那个时代的,是以自己的全副诚挚和热爱献给那个时代的。

关于诗本身,我不准备再说什么了。《黎明风景》有一个《后记》,1982年3月,我在《诗刊》编辑部召开的座谈会上,还有一个发言(即《诗与时代》),都谈到我写诗的情况。这次也附录在此,请大家参阅吧。最后,让我再一次感谢党和人民的抚育,感谢战友们的热情帮助,同时也感谢那个伟大的时代的恩赐和生活的恩赐。

1984年6月3日于北京

附录:《黎明风景》后记

这是我在去年整理出来的一部诗集。

这些诗,除了第四辑的访苏诗草——这些并无长进的诗,是我近年来的作品而外,占最主要部分,是我在抗日战争中的诗作。很显然,这些诗作,正像诗作者当时的年龄那样年轻。在我们部队里,过去不是有许多的小司号员么,他们穿着很不合身的又长又大的军衣,经年背着一把飘着红绸子的黄铜军号,走在我们的行列里面。他们有时立在村边,有时爬上连部的屋顶,有时站在行军路边的石崖上,把他那气力未足的、有时甚至吹错了号谱的号音,送到他的同志的耳边。诚然,他的同志们不会怀疑他是忠诚的、尽职的;可是,小司号员毕竟是小司号员,小司号员还不是强大的、腰圆背阔的机枪射手。

正如这个比方,这些诗,不过是小司号员年轻的号音罢了。但是,他却和人民一起,和他强大的伙伴们一起走过了自己的道路。

这些诗,都发表在当时晋察冀的油印诗刊《诗建设》《诗战线》以及《子弟兵》《晋察冀日报》《北方文化》等报刊上。幸得经过和我们同艰苦共患难的农民的手,经过我所敬爱的战友孙犁同志、丹辉同志、柳杞同志的保存,才留下了一部。热情的孙犁同志还代我编印了诗集《两年》。我不能忘记许多老战友们对我的崇高的鼓励。

当我整理这些经过战争、经过风雨而模糊破损的诗稿时,我的心不禁动情地回忆起产生这些诗作的年代。真的,我一点都不后悔我生长在那样的年代,中国人民在深重苦难中英勇卓绝的斗争的年代。正是那样的年代,民族的、人民的命运惊醒了我,使我在我们小司号员那样的年龄,走向了人民,走向了生活,走向了党,走向了诗。

哪里有党,哪里就有文化和诗。不管斗争是如何的残酷,不管道路是如何地艰难。

我,一颗小小的种子,被党的手投向了燃烧着的土地。然而,这块土是党的土,人民的土,是以毫不吝惜的精力养育了我的这一块土。是她,让我认识了敌人,认识了斗争;特别是,是她让我认识了人民,爱了人民。

我要永远感念这一块土。

> 诗呵,游击去吧,
> 永远不要叛变;
>
> 游击去吧,诗呵,
> 时时刻刻想着,
> 怎样去报答人民。
>
> ……报答人民,
> 记清楚,
> 人民不仅养育了你的诗,
> 人民在饥饿里也养育了你;
>
> 记清楚,
> 在这苦战的年代,
> 你应当把智慧也用于战争,
> 把战争也当成诗。

——1942年,《诗,游击去吧》

就是这样的意念。作为一个普通的下级干部,我在曾经是一支老红军的部队里工作着。

说起我的诗的成长,下面一个情况是不能不提到的。这就是当时的晋察冀,在诗创作上形成的一条有战斗力的生气勃勃的战线。诗人们个个情绪奋发,士气高昂,创作旺盛,而且诗人之间充满了一种相互关怀、相互扶持的真正可以称为战友的感情。我生活在这种友情中和这种气氛的感染中。

当时,在诗战线上最强的战将,是我们的诗人田间同志和邵子南同志。他们除写了许许多多的有战斗风采的街头诗、长诗和短诗之外,还长时期地坚持了油印诗刊《诗建设》的出版。而且,他们对他们年轻兄弟们的帮助也最大。例如我自己,就是受他们多次帮助与鼓励的一个。

这种很浓的诗的气氛,真是让人高兴的。在乡村的街头,在大路边的岩壁,都写有简短有力的街头诗。在群众大会上有诗朗诵,还散发着红红绿绿的诗传单。我现在还记得田间同志的一首《假若我们不去打仗》的街头诗,被人插上图画写在墙壁上的情景。

当一颗年轻的心,真真被一件他认为重要的事情所吸引,那就不知道疲倦了。在这样一片诗歌气氛里,我更热情地走上诗创作的道路。我也写起街头诗来。甚至一踏进某一个村庄,就察看那村子的墙壁。我想周奋同志还记得,我们在土墙上写到太阳落山又写到月亮升起的时光。

在那战争激烈的日子里,随着和人民感情的加深,渐渐地晋察冀的群山和溪流,晋察冀的战士和人民,就渗入了我的诗的世界,或者说,我渐渐地生活在这种诗的感觉中。我的诗的触角似乎渐渐敏锐起来,我的语言也似乎自由了一些,那些不好惹的文字,也似乎变得驯服了。灵感也由生客变为不知什么时候就要来叩门的情人了。那真是我最快乐的时期。我写了很多。在1941年残酷的反"扫荡"中,我几乎每一两日写诗一篇,在夜行军中思索,在拂晓宿营中记下,饥饿和疲劳也似乎无干。我真实地体会到:愈是政治热情饱满的时期,也愈是生活美丽的时期,也就愈是诗的时期。那时,真的,你就整日生活在诗里,生活在快乐里。

从1939年到1943年的几年中,我大约写了几十首街头诗,这些诗没有保存。写了五十多篇短诗,这里从仅存下的四十多篇中选出十篇,编成这本集子的第一辑。另外写了《晋察冀的大山》《钢板上的梦》《清明寄》《黎明风景》等四篇长诗。前两篇已遗失,《清明寄》写得不好,所以这里只将《黎明风景》收入。

《黎明风景》,写于1942年。这是敌后抗战最艰苦的年份。在日寇和国民党的夹击下,全国的解放区几乎缩小了一半。加上严重的旱灾,敌后军民就陷于在半饥饿状态下浴血苦战的局面。国际形势是:阴险狡猾的英、美帝国主义迟迟不肯开辟第二战场,苏德战场上,苏联红军还没有取得斯大林格勒决定性的胜利。就是在这样的日子,党号召我们"咬紧牙关,度过困难",并指出这不过是"黎明前的黑暗"。这篇长诗,就是描写这个最艰苦年份的一些情景。为了追求真实的描写,追求感情表现得自然,我当时甚至有一种排斥故事性的偏见。因此,在这篇长诗里,我故意只以隐约的故事来贯连它。虽然,在这篇诗里,还存在着一些缺点,但它却是我在那艰苦年代的真实生命之子。

这本集子的第三辑,是我在解放战争时期的作品。原来曾编在《两年》内。因《两年》已不再刊行,故删去了若干篇,编入这个集子。关于诗的内容,这里不再说明。

这里编的第四辑,是我在1951年冬访苏期间写的十四篇中选出来的。最后一篇《美丽颂》,这里是从它的内容上,从反对帝国主义、保卫和平的意义上,拿它作为一个结尾。

朋友们,我就把这样的一本诗集,捧献在你们之前。如果它还能使革命的老战士们引起一点回忆,如果它还能使年轻的兄弟们,多少从这里知道一点今天幸福日子的来历,而更加勇敢地捍卫我们的生活,继续推进我们的革命事业,那就是作者的一点心愿。

一个人,忘不了伟大人民的过去,他就会珍重人民的今天,也必然会无畏地走向未来,不怕任何帝国主义的威胁。

1955年2月于北京

诗 与 时 代

——在《诗刊》编辑部召开的座谈会上的发言

我从小很爱诗。"五四"以来的诗,各个流派的诗,不论读得懂,读不懂,我都读了些。我在郑州一个朋友家,他有什么书我就读。臧克家的《烙印》和《罪恶的黑手》,田间的《中国牧歌》和后来的《给战斗者》,我都读过,都很喜欢。艾青的《大堰河——我的保姆》《火把》,是我参加革命,到了敌人后方,从别人的手抄本上读到的。我爱诗,也写诗。我到延安后不久就读到艾青刚刚发表的《向太阳》,他预告了一个将要出现在我们面前的充满光明和希望的新时代,我非常喜欢,有的诗句一直能背诵。延安不仅革命空气浓,诗的气氛也非常好,也许这两者不可分,永远不可分。柯仲平是个热情澎湃的诗人,他戴顶鸭舌帽,披件旧棉衣。一有集会,大家就欢迎他朗诵诗。他并不拒绝,立刻就朗诵他的新作《边区自卫军》。青年们感到很新鲜,很满意,听完朗诵就报以热烈的掌声。柯仲平同志对诗和群众的结合,是抱着很高热情的。在他影响下,当时延安的新诗走着一条和群众结合的健康的道路。那时我正在"抗大"学习,柯仲平同志组织了"战歌社",我们就在一个大队组织了"战歌分社",记得有胡征(胡秋萍)、朱子奇、冯塞伟(到敌后不久就牺牲了)、侯亢、周洁夫等,我们都是红小鬼。西北战地服务团回到延安,我第一次去拜访田间,才认识了他,也认识了邵子南。邵子南第一次见面,就把他发表的诗的剪报给我看。1938年8月7日,由"战歌社"(柯仲平、林山等)和"战地社"(田间、邵子南等)联合发起了街头诗运动,我们也参加了,延安以外的同志(如周启祥)也有寄诗来的。那时延安的同志关系非常平等友好。领袖和群众的关系非常亲切。(朱子奇:

我们开晚会,请毛主席来参加,他就来。)著名诗人热情帮助青年。我在1937年写了一首五百行的长诗《黄河行》,抄出来寄给何其芳,何其芳同志很认真,郑重地给我回了一封提意见的信。艾青同志到延安的时候,我已经到晋察冀根据地去了。几年后有人把我的几篇诗稿带给艾青同志,艾青同志一直带在身边,后来经过长途跋涉,来到晋察冀,来到张家口,也没有丢,直到进了北京才交还了我。这件事使我十分感动,到今天我仍然很感激他。这也是我们诗坛的一段佳话。

1939年初,我从延安来到晋察冀。不久,田间、邵子南、史轮所在的西北战地服务团也来了。还有曼晴、方冰也同他们在一起。他们以"战地社"的名义,出版了一个油印的诗歌周刊《诗建设》。方冰诗写得好,钢板也刻得好,刊物印得很精美。这个刊物团结了很多写诗的人,如徐明、陈辉、陈陇、丹辉、林采、军城、流笳、管桦、邢野、商展思、邓康、张克夫、劳森、任霄等许多同志。在他们的影响下,后来还出了《边区诗歌》,一分区的"铁流社"(丹辉同志负责)还出版了《诗战线》。后来晋察冀边区成立了诗会,田间带头,邵子南、我、陈辉都是委员。我们写街头诗,每到一个村子就写,天黑了,月亮上来了,还在写。在会上就散发诗传单。诗,还作为宣传品,参加了对敌政治攻势。街头诗开始都是诗人们写,群众文化低,写诗的有,但极少。1944年,我到冀中,就看到许多群众写的街头诗,可能是干部用写诗来发动群众。诗就是这样渐渐地深入到群众中去了。

那时,诗友、战友总是互相帮助。谁写了好诗,大家就评论,就表扬,没有人嫉妒,有意见就提。晋察冀边区文艺工作气氛很好。聂帅和彭真同志还召开过文艺座谈会,我们这些小青年都参加了,邓拓同志还讲了话。物质条件很差,敌人又"扫荡"频繁,如果不是领导重视,整个文化工作、诗歌活动不会搞得这样好。是党把文化带到了落后荒凉的地区,培养了那么多人才。

毛主席《在延安文艺座谈会上的讲话》传到敌后,大家都很用心学习,方法是以整风精神,联系实践,检查存在的问题,使思想认识得到了很大提高。我学习《讲话》,明确了两条:一是文艺和革命斗争结合,一是文艺和人民群众结合。我认为,这也是我们文艺运动发展的根本经验。今天也还是应当这样,诗歌也不例外。延安和各解放区诗歌运动发生了那么大的影响，难道不正是因为它同革命斗争、同群众结合得很紧密吗？在"天安门事件"中，诗被当作了武器，威力那样大，难道不也是同斗争、同群众结合起来了吗？诗不和革命斗争结合，不和人民群众结合，人民是不会关心、不会重视的。和群众结合主要是思想感情问题，也还有个语言问题，如果群众看不懂，就不能起作用。这几年"朦胧诗"好像是"新生事物"，其实不是，在我们小时候就有。那时候，有的诗我就看不懂。朦胧如果只意味着含蓄，像舞台上蒙上一层纱幕，还能看清，还可以；如果蒙上的是黑布，让人猜，那就不行了。

要同人民群众结合，就要重视传统。最主要的是革命传统，还有民族传统。抛弃了这两个传统就是虚无主义。我认为，我们的诗只要表现革命的内容，表现群众，表现生活，你是什么艺术风格都可以。但是，我们现在处在一个特殊时期，有的人对社会主义产生怀疑，关心的只是个人的事情。我们的诗人应该把读者的眼光引向广阔的天地，而不要引向个人的小圈子。是关心祖国、关心人民的命运和前途，还是只关心个人？是宣传集体主义，还是宣传个人主义？这是诗人要严肃考虑的。我认为，对我们的青年，要培养他们集体主义的品质，要培养他们热爱党，热爱社会主义祖国的感情。祖国是我们的母亲，如果大家都想从她身上割块肉怎么行啊？我们的诗应该对时代负有责任，应当引导群众前进，应当鼓起他们的勇气，增强他们的胜利信心。再重复一句：不要把他们引向个人主义的小天地去了！

1982年3月，于北京

红叶集

序

  这本诗集是近几年来的咏物感时之作。由于资产阶级自由化的一度甚嚣尘上,这些不入时的东西,自然不易找到发表的地方,多半写了就放下了。直到政治思想战线上出现了转机。

  我从年轻时就写诗,可以说从未忘情于我的诗歌女神。而我的诗歌女神在人民的命运前也从不闭起眼睛无视这大地上的忧欢。尤其近年来我们这个星球上发生的前所未有的连续地震,使我感到深深的震撼。这些都不可能不发而为诗。这些诗都无晦涩难解之处,此处无须多加说明。

  我怀念诗歌创作的青春期,也羡慕青年诗人的如火热情。但我也相信,只要诗人胸中还燃烧着热情的火焰,诗的生命就会延续下去。

  我的诗歌女神仍在不安地注视着当今的世界。未来的世界究竟会怎样呢?会安安稳稳风平浪静地度过吗?不,不,我不愿欺骗自己,也不愿欺骗朋友。但是不管袭来的是什么惊涛骇浪,伟大的中华人民共和国的航船,都要沿着社会主义的航线坚定地前进。

  祖国勇敢的水手们,请准备好!

1991 年 4 月 4 日,于北京

秋叶篇

——亚德里亚海漫步

赠 罗 马

我带着早霞降落到罗马古城,
我对你但丁的故乡呵深深地尊敬。

罗马呵,你的街道多么古色古香,
古典的城墙配上了现代的乐章。

看你那胜利大厦多么气势峥嵘,
骏马驾着金马车像要驶向天宫。

独立大厦上的少女又多么典雅,
她坐得高高的像与蓝天对话。

一处处广场上都有喷泉落下,
裸体的仙女枕着雪白的浪花。

更喜那梵蒂冈高城的前面,
每天的游客总是成千上万。

他们来并不是参拜教皇,
这里有迷人的五百米画廊。

五百米画廊呵五百米画廊,
不愧是艺术之国呵艺术之乡。

这里的艺术珍品呵使你沉醉,
就像到了天国呵不愿返回。

游罗马废墟最好乘着夕阳,
千百年兴亡事难免令人惆怅。

令人惆怅呵并不令人沮丧,
还是人民的生命最为久长。

看墨索里尼当年何等喧嚣,
何曾想如死猪被人倒吊。

他的官邸依然绿葵飘飘,
只不过换来行人的嘲笑。

如果你有暇可以漫步海边,
那里有一座古城被黄沙埋掩;

虽只有大理石厅柱露出地面,
谁不赞叹古罗马文明的灿烂!

文明的灿烂呵,灿烂的文明,
这土地上升起了多少颗巨星。

多少颗巨星呵难以尽数,
人民的创造力是何等丰富。

丰富的创造力一定会再度开花,
这样的人民一定有美好的前途。

今天,我带着朝霞来到你们身边,

我披着东方的霞光向你深深地祝福!

1987年10月27—28日

安 娜

在罗马,有一个安娜,
呵,热情奔放的安娜。

见了你,
她的话
密得就像春雨落下,
你很难
插上一句话。

人说,
她那善良的妈妈,
也是这样,
如果她老人家在场,
安娜也难插上话。

这就是安娜。

安娜热爱中国,

——就像她那游击队员的父亲,
感情一点不掺假:
如果谁赞美中国,
她就发出微笑;

如果谁诋毁中国,
她就怒目相加。

这就是安娜。

安娜是位汉学家,
热爱中国的文化。
屈原,鲁迅,
和但丁一起住在她心中,
她常常含着泪水
同他们亲切地谈话。

这就是安娜。

安娜关心中国,
关心中国人民的命运,
前进,后退,
发展,变化。
如果发展顺利了,
她就高兴得笑了;
如果受到挫折,
她的眉头就结成了疙瘩。

这就是安娜。

安娜,安娜,
我们的朋友安娜。

我们该送你
一件什么礼物呢?

当我们沉思默想的时候,

我们的诗人、画家管桦
立即挥毫。
顿时，
墨香四溢，
胭脂飘洒，
原来是一幅"苍松之友"——
青竹、梅花。

呵，真好极了，
梅花，青竹，
青竹，梅花，
我们的安娜！

1987 年 10 月 27 日

翡冷翠的少女

一双少女的洁白的手,
正在轻轻地
刷洗着书页上的黄泥。

她,这个少女,
就像怕触痛一个活人的伤口
那么温柔仔细。

原来二十年前,
一场洪水
把这座图书馆泡在水里。

至今,
堆成山的书籍,
仍然沾着污泥。

我问姑娘:
这里工作一天
有多少报酬?

姑娘嫣然一笑:
今天是假日,
我是自愿来的。

我再次看看她那双洁白的手,
呵,翡冷翠的少女
是多么美丽!

1987 年 10 月 28 日,佛罗伦萨

女 画 家

一个女画家，
披着金色的长发。
她一手握着画笔，
一手夹着纸烟，
面对着
一幅斑驳的古画。

她是那样谨慎，
描一笔，
又停下，
蹙蹙眉尖，
弹弹烟灰，
拂拂长发。

——也许她
正同达·芬奇
或米开朗基罗
暗暗商量，
悄悄说话。

这时，我才明白：
博物馆
那些几百年前的古画，

为什么
依然彩色鲜明
像一幅幅新画。

我静静地望着她：
略显憔悴的面容，
鬓角里初生的华发，
她描一笔，
又停下，
弹弹烟灰，
蹙蹙眉尖，
她自己
何尝不是一幅画！

        1987年10月28日，佛罗伦萨

我被装进了盒子

我被装进了小小的盒子,
气闷得简直叫人难受。

盒子里面应有尽有,
就是空气有些不够。

这里,如果你愿意沐浴,
可以洗上一次又一次;
如果你刻意打扮,
梳妆台上还备有香脂。

如果你不拒绝自我欣赏,
整整一面墙都是镜子;
你可以尽量地自我陶醉,
欣赏自己的笑貌英姿。

如果你嫌光线太暗,
你可以打开各种华灯,
灯有圆形、筒形、桃形,
可以使你通体光明。

不管你要热要冷,
都可以随心所欲;

只要你摁摁电钮,
就像春秋季节那样舒适。

如果你心头太寂寞,
床头上有缠绵轻靡的音乐;
还有散发着肉欲和廉价噱头的小匣子,
陪伴你昼夜工作。

但是,你——这里指的是我,
终被装进了小小的盒子,
使我烦闷憋气,难以呼吸。

莫非我钻进了太空的密封舱,
宇宙虽大,
我却像玻璃柜里的小鱼。

1987 年 9 月 20 日,佛罗伦萨

街 头

一切都在奔驰,
一切都在奔驰。

摩托要超过汽车,
汽车要超过火车,
火车要追上飞机,
一切都在竞争,竞争,竞争,
一切都在奔驰,奔驰,奔驰。

这是钢铁的流,
这是机械的流,
这是力的机械,
这是机械的力,
一切都在拼命,拼命,拼命,
一切都在奔驰,奔驰,奔驰。

要问为什么拼命?
为什么奔驰?
一些人为了更多的叮当作响的利润,
另一些人为了一块面包再加一块乞斯①。

1987年9月23日,米兰

---

① 乞斯:奶糖。

教堂愈大人愈小

感谢天才的建筑师,
教堂修得多么巍峨庄严,
就像高踞天宫俯瞰人间。

感谢天才的艺术家,
塑像塑得多么出世超群,
就像那是座天国的大门。

可是——
正因为它太高大,
室内过于阴暗;
因为它太华美,
反而显得虚幻。

尤其——
站在下面的人,
显得太小太小,
简直比一个蚂蚁还要可怜。

1987 年 9 月 23 日,米兰

鸽　子

鸽子，
大群的瓦灰色的鸽子，
在广场上，
马路边上，
小小的安全岛上，
静静地觅食。

在汽车像流水一样的呜呜声中，
在有轨电车岸然而至的隆隆声中，
在摩托车像野兽扑来似的恶嚎声中，
泰然自若，
一点也不惊慌，
一切都习惯了。

即使脚步逼近，
它也不睬；
即使小孩的手掌临近，
它还是那么安详；
至多向你歪起头看一眼，
又静静地觅食。

觅食，觅食，
静静地觅食。

好像世界从来是这样，
也只能是这样，
一切，一切，
都似乎
安于现状。

1987 年 9 月 24 日晨，米兰

一 座 城

这是一座数不尽的文字铿锵作响的城,
这是一座哗哗的纸张像流水的城,
这是一座生产书籍和图画的城。

在这座城里。
既有现代风味的高楼,
又有中世纪风味的田园,
有商品齐全的商店,
还有餐馆和茶座,
有了稿费可以及时存入银行。

在最新式的大楼上,
书架搭起的墙,
隔成了小方格,
宛如一个个蜂房。
一个庞大的知识分子集团,
就像稠密的工蜂,
麇集在这里。
全国最显赫的专家,
最有名的学者,
也坐在书籍包围的窄窄的小椅上,
一齐开动着无声的机器,
为他们的主人生产着书籍。

生活太枯燥吗？不，
小格格里不是放着几盆长青植物，
窗外还有一个鱼翔浅底的湖。

下班铃响了，
飘着白髯的学识渊博的编辑，
仪态潇洒的作家和诗人，
有教养的文雅的知识妇女，
都从拥挤的蜂房里走出来，
到茶座里喝咖啡，
到餐馆里喝啤酒，
或者再买回书报，
去补充他们输出的知识。

一年年，大量的书籍流入市场，
一年年，大量的金钱流入老板的腰包，
人——那些像工蜂一样的人，
一个个老了，瘦了，
像被榨干了的虾皮。

呵
这是一座文字铿锵作响的城！
这是一座纸张哗哗像流水的城！
这是知识分子的血汗化作五彩浪花的城！
一个声音问：
朋友，你愿进这个城吗？
你愿在这个方格格里谋一个位子吗？
我答：我不愿！我不愿！

1987 年 9 月 23 日，米兰

威 尼 斯

星星般的岛屿哟拥抱着蓝蓝的海,
蓝蓝的大海哟拥抱着星星般的岛,
数不尽的长街水巷数不尽的桥,
数不尽的鸽群哟数不尽的白鸟,
数不尽的人家系着数不尽的船,
数不尽的门前有绿色的波涛。

一只只轮船像一座座威严的移动的城堡,
一只只汽划子来往穿梭像彗星轻扫,
一座座教堂都有众多的圣徒在祈祷,
一座座桥上都有远来的游客在欢笑,
到晚来华灯齐明轮船又变成水晶宫,
一处处音乐声都纷纷扬扬随着波涛飘。

呵,美丽的威尼斯,
一个东方游客向你问好。
朋友,你的生活过得可舒畅?
是否酒绿灯红不再有烦恼?
一个意大利诗人叹息了一声,回答道:
No,No,
风景画儿照例很引人,
还要去看看画儿后面才知晓!

1987 年 9 月 26 日,威尼斯

画家与乞丐

广场上,
人来人往。
一个穿着破旧的画家,
坐在小凳上。

"画一张吧,"
他手拿画笔说;
偶尔有人光顾,
多半看一看又走开。

不一时,
那边过来两个乞丐,
一个吹着长喇叭,
一个敲着小鼓。

他们追着行人,
拦住行人去路,
喇叭呜喔了一阵,
总算有点收入。

画家神色凄然,
望望乞丐,
不免有些感慨:

究竟是乞丐不如画家,
还是画家不如乞丐?

      1987年10月21日,威尼斯

布 鲁 诺

布鲁诺,今年五十岁,
开起车就像空中飞。

他人直爽,眼睛放光辉,
说起话汩汩如流水。

我带笑说,布鲁诺,
你的名声真不小,
提起你,
整个地球都知道。

布鲁诺也笑一笑,
"那当然,
他是个思想家,
而我,
只会驾着铁马跑。"

我问,布鲁诺,
你生活过得好不好,
每月的工资有多少?

没料想,
布鲁诺火星直冒,

大手离开舵轮,
猛地一敲:
"说起来,
一百万里拉不算少,
可除了房租,
只能吃意大利面条!"

我又问:
物价还算稳定吗?
布鲁诺耸耸肩,
又把舵轮一敲:

"No,No,
物价总是飞过工资跑,
要想赶上,
除非下一辈子了……"

我说,布鲁诺,
那怎么办,
日子总得要弄好。

他又摇头,又叹气:
"亏我还懂得修理,
下了班,就去揽活计,
夜半回家,已经累弯了腰。"

说到这里,
我俩都叹了一口气,
本来很小的车厢,
这时显得更闷更小。

1987 年 9 月 29 日,罗马

秋 叶

早晨,淡绿色的大海,
懒洋洋地
伸着腰身,
美丽的威尼斯,
似乎还没有睡醒。

早祷的钟声,
已经响过,
教堂的尖顶,
像一只金瓜,
浮在绿树丛上,
显得那样安详。

而凄厉的秋风
已经吹起,
岸边的树——
松树,柳树,梧桐,
正飘下雨点般的落叶。

黄色的公共汽车,
载着工人飞驰而过。
几个金发的孩子,
背着书包,

像几只小鸟
在汽车站上等候。

雪白的海鸥,
成群地浮在水面,
吃饱了就停在灯柱上;
有几只飞上岸来,
同鸽子一起
迈着娇小的脚步。

多么安静的亚德里亚海岸,
多么安静的威尼斯,
我正想向她问声早安,
一片落叶,
悄然落到我肩上,
像是一位老朋友,
抚着我的肩头。

我把多情的落叶
托在手上,
她灿然如黄金,
还透出一点点
少女脸颊上的红晕;
可是我知道,
美丽的秋叶
毕竟还是秋叶。

1987 年 9 月 28 日,威尼斯里德岛

问

春之神和三仙女令人年轻,
我仿佛随它步入仙境。

《最后的晚餐》难免彩色浅淡,
看了那画面依然使人心惊。

莫说圣像画虚幻离奇,
其辉煌与壮丽无可争议。

粗犷与细腻的雕塑将留传千古,
它是人类创造力的伟大证据。

我徘徊在这艺术之城不忍遽去,
心中充满欢愉又充满敬意;

可是,我晚间对着电视屏幕,
千篇一律的镜头却令人丧气。

画面上照例有一个强壮的男子,
不是在车上就是在船上有了艳遇。

开始是一个媚笑,
接着是对酒倾谈,

随后是走进旅馆,
再后便是走进房间。

情节虽如此这般,场景却经常变换,
主人公在船上,有时又卧在沙滩。

有时一开场便是残酷的格斗,
总有一个蒙面大盗在设法逃走;

这时警笛四鸣人群涌来,
地下滚着一颗带血的人头。

更多的是爆炸的音乐疯狂的歌舞,
几个裸体女子围着可笑的侏儒。

又唱又叫呵,又跳又扭,
丑就是美呵,美就是丑。

扭得将身子折成三截儿,
叫得像野狼使人颤抖。

再不然就是五光十色的广告,
十分之九拿女人的大腿招摇。

这里,女人的尊严已经荡然无存,
女人,女人,早就是最普通的商品。

看了这一切怎不使我深深地悲哀,
白日的诗情被冲得不复存在。

艺术呵艺术!你往日的光彩哪里去了,

今天，你究竟处在什么时代？

1987年9月27日，威尼斯

黑土篇

普阳农场印象

看见机械化的
社会主义的大农场,
我们笑了。

他笑了,
她笑了,
我也笑了。

因为我们
都是从
小农经济的田野上走来。
我们看惯了,
也看厌了,
用木犁和鹤嘴锄,
在一小块土地上耕耘。
咳,那么一小块儿
屁股大的
巴掌大的
可怜巴巴的土地。

今天,我们
看到真正的田野了,
看到连接着蓝天的田野了;

看见双翼飞机
像蜻蜓一样忙碌地喷洒着除草剂；
看见庞大无匹的"4450"
粗鲁而热情地掀起了黑色的波浪；
看见教堂一般高耸的烘干塔
在绿色的原野上闪着白光；
蝈蝈的歌唱伴着机器的轰鸣，
田园诗和工业诗浑然一体。

我们笑了
他笑了，
她笑了，
我也笑了。

因为我们
都是从小农经济的田野上走来。
生一场病，
死一个人，
娶一回亲，
都会破产。
我们就像一根细弱的苇子，
漂浮在大海上，
不定什么时候就会沉没。
今天，
看见机械化的
社会主义的大农场，
我们笑了。

1988年9月26日上午，普阳农场

题"拓荒牛"

牡丹江8511农场一座建筑物前,有一大型雕塑——拓荒牛,甚逼真有力,感而题之。

把全部的忠诚,
把全部的生命,
把全部粗犷的力,
都献给了
这块土地。

沉重的犁,
使它强壮的躯体
变成弧线;
汗水像小河
汩汩地落入犁沟。
它走了多远,
汗水就流了多远。

终于
在它后面,
大地母亲敞开了胸怀,
沃土腾起了黑油一般的波浪,
麦田和大豆连接天际,
拖拉机和康拜因接踵而来,

荒原上开始扬起陌生而新鲜的汽笛,
小小的庭院也有了好看的花朵和笑语。
你,拓荒牛,
在黑土和蓝天之间,
成了最美丽的形象。

三江风光好,
不忘开天人。
拓荒牛啊,
看到你,
使我想起
那些扛着红旗来的拓荒者。

是他们,
把背包摊开在湿漉漉的草地,
与青蛙作伴,
与毒蛇为邻。

是他们,
抱着烧热的砖头取暖,
抱着羊羔睡眠,
才度过难捱的冬天。

不是他们,
大梦沉沉的土地,
怎么会醒来呢?
拓荒牛啊!

而今天,
那些大小倒爷们,
却远比他们
阔气得多,

也神气得多。

  1988 年 9 月 25 日中秋节,8511 农场

白 桦 林

北大荒,
有许多许多白桦林,
它们是那么秀美、英挺、坚强。
它们立在无边无际的绿野,
立在清清的溪水边,
立在直上蓝天的公路旁。

冬天,厚厚的白雪封住了完达山,
封住了乌苏里江、松花江和黑龙江,
可是你,白桦林,
你却不畏严寒,依然昂首含笑,
显得更加洁白、纯净和刚强。

啊,白桦林,
你是多么热爱这里的土地,
你心里
像有一眼不竭的爱泉,
在默默地流淌。

你望着
狐鼠盘踞的林莽
变成了良田;
你望着

熊吼虎啸的荒原
腾起了汽笛的歌唱；
可是你并不满足，
依然盼着
家乡更加繁荣和兴旺。

呵，白桦林，
你秀美英挺的身躯多么可爱，
你的灵魂和目光多么坚定清亮。
看见你，
就使我想起一代青年，
从祖国的四面八方来到边疆。

是他们用汗水和青春
开垦了这块土地；
是这块土地
把他们变得英挺和坚强。
啊，北大荒啊，
再大的飓风也不能把他们吹走，
——种子早已落地，
这里已经是他们可爱的家乡！

1988年9月24日，北大荒田野上

雁 窝 岛

一个细雨霏霏的早晨，
我们走进小小的陵园，
这里有一片片野花芳草，
亲抚着三位青年安眠。

这里原本是一个荒岛，
只有沼泽与沼泽相连，
每日里但见雁群起落，
空有早霞啊不见炊烟。

偶然有一只船儿驶来，
就蓦地惊起大雁一片，
草窝里有的是鸟蛋累累，
足够你远来者装上几船。

自从垦荒队来到这里，
沼泽终于变成了良田，
每一个庭院都开满鲜花，
绿色的音乐厅歌声不断。

丹顶鹤也常常飞来作客，
一住下就是半月十天，
等她拍拍翅膀将要离去，

还对这翡翠岛无限留恋。

今天我立在烈士墓前,
向三位开垦者默默悼念。
若要问什么是生命的价值,
就请他看看昨天和今天。

1988 年 9 月 27 日,雁窝岛

在乌苏里江中航行

密密的丛林,
矮矮的小山,
美丽的乌苏里江,
不窄也不太宽。

两山相望,
一水相连。
尽管两边都有
鸟窝一样的瞭望哨,
但两岸
蓝色的炊烟
却在互报平安。

我在清清的江水中航行,
也很悠然。
我看见两岸
都有人
举着安静的钓竿。
仿佛不幸的枪声
已很遥远。

我在默默地祝福:
美丽的乌苏里江,

愿你永远成为
友谊的江水；
愿你的两岸
永远举着安静的钓竿。

      1988年8月17日,船上

人生篇

红星,战马
——悼杨光池同志

故人纷纷离去,
使我心中悲凉,
前天参加遗体告别,
昨天又登上八宝山岗。

今晨又有讣告飞来,
使我心中更加悲伤,
这是一个迟到的噩耗,
故人已化作青烟远飏。

默默回想五十年前,
古城延安多么年轻,
我像一条幼弱的溪水,
汇入歌唱的延河之中。

在这里遇见我的队长,
他宽厚慈祥而又勇猛,
头戴斗笠脚穿草鞋,
胸前是战马贴着红星。

红星,战马,
战马,红星,
队长呵,是你将我引进

最壮丽的人生。

红星,战马,
战马,红星,
队长呵,从此
我才真正开始了
人生的旅程。

千里烽火,
万里硝烟,
一旦分手,
就难以相见。

胜利之日重逢,
自然十分欢畅;
可惜又匆匆离去,
未免过于仓忙。

也许人生
永远是这样匆匆,
也许生命
就像明灭的群星,
也许今天欢聚,
明天就化作清风。

但是,这对老战士
从来都坦然镇定;
我们挂念的,只是——
我们的红星,战马,
战马,红星,
是否能继续驰骋?

1987 年 10 月 21 日

那是一个很冷很冷的冬季

——悼英国共产党员夏庇若同志

那是一个很冷很冷的冬季，
前面炮声隆隆，
我们一起向前走去。

他，夏庇若，
穿着志愿军的服装，
却长着高高的鼻子。
朝鲜孩子常把他当作美国俘虏。
他就笑着说：
"不，孩子，
我是英国人民志愿军呢！"
孩子们笑了。
我们就在这笑声里，
迎着飞雪，迎着火光，
一起向前走去，向前走去。
那是一个很冷很冷的冬季。

晚上，我们住在朝鲜人的茅屋里，
美国轰炸机不断前来"拜访"。
隆隆的炸弹声中，
还夹着纷飞的火箭。
可是，夏庇若很从容，

照常换上睡衣,
不慌不忙地钻进北极睡袋。
他说:不怕!
二次大战我在伦敦
挨过德国人很多轰炸。
第二天,我们又继续
向前走去,向前走去。
那是一个很冷很冷的冬季。

一座高高的铁路桥悬在空中,
只有枕木没有桥板;
枕木上积着厚厚的冰雪,
一不小心就会滑下山涧。
可是夏庇若——
穿着红皮鞋走得十分坦然。
我们就是这样
向前走去,向前走去。
那是一个很冷很冷的冬季。

时光已经过去了三十多年,
他同我们一起吃苦,
也一起分享甘甜。
他伴随着新中国向前行进,
也把毛泽东的声音传给英国人民。①
我看见国际主义的金桥上,
有夏庇若光辉的脚印。

今年落叶纷飞的时候,
传来了他逝世的消息。
我不禁又想起

---

① 指夏庇若将《毛泽东选集》译成英文一事。

那个很冷很冷的冬季,
仿佛他依然在我身边,
我们正一起向前走去,向前走去……

     1986年10月21日,追悼会后

悼　田　间

诗人乘风归去，
鼓声留在人间。
延河今夜呜咽，
北岳热泪潸潸。

回想诗人一生，
鼓声犹在耳边，
胸怀赤诚如火，
来将红花点燃。

鼓声震动山野，
歌声挟着烽烟，
宁为战士而死，
不做奴隶生还。

鼓声震动山野，
歌声飘过田园，
献给亲爱土地，①
献给子弟兵团。

诗人乘风归去，

---

① 诗人的长诗有《亲爱的土地》《铁的子弟兵》等。

鼓声留在人间,
战斗道路仍长,
循着鼓声向前。

> 1985年9月9日

丁 玲 笑 了

——记湘南临澧丁玲雕像落成

在芙蓉花盛开的时候,
她像从很远很远的地方走来,
臂上搭着风衣,
坐在这里的石阶上。

密密的鞭炮声,
像热情而激越的鼓点,
敲击着人们的心。
我看见她笑了,
眼角似乎挂着泪珠。

一生的坎坷,
一切的不幸,
在这一刹间,
像鞭炮的青烟,
悠然地飘散而去。

六十多年前,
一个白衣黑裙的少女,
从开满白茶花的小丘上走来,
沿着弯弯曲曲的小路
走向世界。

谁能知道等待她的是什么呢?

然而不知何时,
一粒马克思主义的火星,
落在她那充满梦想的
青春的灵魂里。
从此,
也就是一切幸与不幸的开始。

一位先烈说过,①
觉悟的门前,
便是刀山剑树,
你要从这里经过吗?
就要付出足够的代价。

可是,她决定奋然前行。
因为——
她丈夫的鲜血
已经燃起她心中的火焰。

从此,
她被抛到魍魉世界,
又经历了风雪人间。
她扑倒又爬起,
爬起又扑倒。
像扑火的飞蛾,
宁肯死也要追逐光明。

从一个少女变成了八十老人.

---

① 见邓中夏诗:《在觉悟的门前》。

满头青丝变成了厚重的白云,
可是她的信念没有变更,
还是当年
落到她灵魂里的那粒火星。

她是谁?
用不着说
那就是丁玲。

愿开满白茶花的土地上.
再走出第二个,第三个
以至更多的丁玲!

1989 年 10 月 14 日,张家界

游 张 家 界

秋风红叶哟送我过山来,
张家界的山景好奇哉。

数不尽的峻峰哟耸天立,
仪态万方哟奇中奇。

二郎神不知何时来赶山,
遗落了顶天立地一支金鞭。

一对玉笋哟尖尖朝天,
几十万人马也吃不完。

看南边有一支擎天柱,
天塌下来也能顶住。

看北边有座黑峰如铁塔,
盘旋的苍鹰要还家。

东边有一座奇峰斜出地面,
像是憨头憨脑的醉罗汉。

西边那一座座山峰如斧劈,
莫非是将军的刀剑勇士的戟。

这座峰像桃儿歪着嘴儿,
小猴儿蹲在旁边流口水儿。

那边有一对夫妻相偎相依,
像怀着无限情意悄悄低语。

那边有个土地公公艳福不浅,
正背着个媳妇偷偷上山。

可叹这小媳妇没有计划,
生下了九个儿子哭叫呱呱。

前面是谁用开天斧把山峰劈开,
窄窄的登天梯会引你步上天台。

看云涛滚滚哟从八方涌来,
脚下是云海呢还是山海?

听云雾飞驰哟天风呼呼,
石岩上谁丢下一匣天书。

玉皇大帝哟早已经垂垂年迈,
把一颗黄金印失落尘埃。

攀登哟攀登哟快继续攀登,
土家妹在前面又喊我一声。

祖国的山水哟多么奇丽多情,
它引我又登上了新的高峰……

1989 年 10 月 17 日,张家界

夫 妻 岩

这里有一对夫妻相偎相依,
谁知道他们经过多少风雨。
千年的霹雳呵万年的电闪,
也不能使他们丝毫分离。

也许他们曾有过小小争吵,
风吹云散依然是那么亲密。
忠贞的爱情是世上不凋谢的花朵,
何况他们还有着深深的友谊。

金钱和虚荣从来是爱情之敌,
邪恶和贪欲造成了更多悲剧。
有多少爱情之花被浊流冲毁,
我不禁再望望这对夫妻。

1989 年 10 月 27 日,张家界

游岳阳诗二首

登岳阳楼

秋风送我过洞庭,
湘水悠悠似有情。
登楼难忘先贤句①,
共产党人应继承。

1989 年 10 月 18 日

游君山

我来君山时,
湘妃正甜睡,
耳畔游人笑,
翠竹仍有泪。

1989 年 10 月 19 日,岳阳

---

① 先贤句:指范仲淹氏"先天下之忧而忧,后天下之乐而乐"句。

祝聂帅 86 岁寿诞

少从马列意纵横，
青春如火献甲兵。
万里长征开险道，
敌后抗战建奇功。
北华光复心犹壮，
两弹上天游太空。
一生厚道人称赞，
千秋风流说元戎。

1985 年 12 月

太行山的儿子

——悼李学鳌同志

他像土地一样朴素,
　　山岩一样坚定,
　　火焰一样炽热。
他,从不信邪,
也不会媚俗,
因为他是太行山的儿子。

他带着满身的机油气息
闯进了诗坛。
他用全部的忠贞编织乐章。
在他的乐章里,
有太行的风烟,
也有铁锤的铿锵。
他就用这乐章
伴随着我们的共和国向前行进。

可是,在他离开我们的时候,
他却含着泪水——
忧国忧民的泪水,
也怀着对邪恶的怨愤。
这使我的心感到酸涩。
我想说:呵!

亲爱的兄弟,你安息吧,
希望之光已经重新出现,
红日还要烧红太行山顶!

1989 年 9 月 11 日

贺艾青 81 岁寿

诗星灿然耀东方,
壮歌万首震河梁。
唱落枷锁迎盛世,
依旧青青向太阳。

1990 年 2 月 1 日

怀念戎冠秀

永远是那么朴素,
永远是那么热诚,
亲爱的戎妈妈,
你是太行山上
一株挺拔的青松。

为什么我们的长城这么巩固?
为什么我们的岁月这般峥嵘?
亲爱的戎妈妈,
只因战士在你心中,
你也在战士心中。

1990 年 4 月 22 日

题"刘伯承告别人间"

骨灰撒向太行，
太行低首，
万众泪雨倾。
怎能忘
艰难岁月
将军挥戈退寇兵。
硝烟里，
战旗红。

骨灰撒向淮海，
淮海默默致敬，
赞歌飘云空。
怎能忘
大军决战起雄风。
蒋朝灭，
红日升。

骨灰撒向长江，
江水滔滔，
激起浪千层。
听浪花
声声歌颂
常胜将军刘伯承。

人民笑，
敌人惊。

1988年4月1日为《刘伯承告别人间》摄影集敬题

英 雄 颂

毛泽东颂

纵有误失真英雄，
改天换地建伟功。
慧眼胆略谁堪比，
巍巍昆仑第一峰。

1988 年 2 月 28 日

周恩来颂

光明磊落党性纯，
对敌坚定对友亲，
胸如大海含万脉，
团结一切革命人。

1976 年 1 月

朱德颂

壮志如铁响铮铮，
危急时刻最分明。

朱毛并立天下定,
难忘井冈战旗红。

1988年2月28日

我驮着 21 世纪前进

我驮着小孙孙在林荫道上走,
妻子的笑声跟在身后。
"高兴吗,小崃崃?"
儿媳也在旁边欢叫,
小崃崃在肩头上伸着小手。

这时,我忽然觉得,
我是在驮着 21 世纪前进,
我驮的是鲜花和希望,
也是光明和欢欣。

顿时我的脚步更加有力,
就像战争年代那样,
穿着踢死牛的山鞋,
步子结实而大,兴冲冲地。
两个女人跟不上了,
她们追着、笑着喘气。

可是我走了一程,
像被石子绊了一下,
步子有些慢慢腾腾。
一个问号突然跳出:
"难道孙孙这一辈,

真像人们说的
世界太平,
万事如意,
一片光明?"

不,不,人世沧桑,风云变幻,
人间事往往难以判断。
三十年前绝没有想到今天,
同样,今天也难以断定明天。

我肩上的这一代,
也许他们会健康地成长起来,
做一个堂堂正正的社会主义强国的公民;
也许资本主义再度复辟,
他们需要看人的脸色活着,
做一个驯顺或不驯顺的资本的奴隶!

想到这里,
我的脚步沉重,
一步步迈得十分艰难。
两个女人
在后面仍然又笑又喊,
孙孙的小手依然向前,向前。

我又想,
判断虽然难以判断,
但总是能够判断。
前途虽然不能乐观,
但也无须悲观。
人类总有智慧和勇敢,
能排除前进道路上的艰难。
不过,人类有勇敢智慧的一面,

也不是没有弱点。
一位哲人就说过,
"人不如猪",
猪拱到墙角就会拐弯,
人却往往不会拐弯。
不会拐弯,不会拐弯,
头破血流也得拐弯。

跌了跤才能学会走路,
这本来是个真理。
可是人类还有个贱脾气,
摔一个跤还不足以受到教育。
往往前面跌一个,
后面还得跌一个才觉过瘾;
"左"边跌一个,
右边还得跌一个才算彻底。
尽管每跌一个都很悲惨,
但似乎又无法避免。
往往跌得最惨的时候,
那里才会有光明出现。

想到这里,
我的脚步又快起来,
结实而大,兴冲冲地。
两个女人又跟不上了,
她们笑着,追着,喘气,
肩头上的小孙孙也笑得咯咯的。

1988年4月12日

悼邓大姐

邓大姐前几年两次惠赠我《周恩来选集》,甚感之。昨日忽闻她逝世消息,悲痛难禁。她的临终遗言,尤其感人肺腑。这无异是对全体中国共产党人的殷殷忠告,谁能无动于衷?今特作短诗以表悼念之意。

女杰崛起亚洲东,
玉洁冰清共产星。
身历千难万险地,
长征几陷草泽中。

无儿无女无私产,
临终复敲警世钟。
闻君忽乘青烟去,
拭去清泪望碧空。

1992年7月13日晨

送别王震将军

3月20日凌晨,思王震将军生前事,久不成寐,成诗数首,以悼念这位中国无产阶级的英雄。

汗水成斗洒天山,
北国荒原开新天;
都赞三江风光好,
将军从未下征鞍。

孤军南征久闻名,
万敌丛中鬼神惊,
三千奇兵驰南北,
无畏将军再长征。

堂堂顶天立地汉,
坚信马列气凛然;
敢顶逆风斗恶浪,
不愧中华一奇男。

只信真理不信邪,
依然当年工人血。
扶杖笃笃东西走,
八十老翁肠内热。

自君重病思绵绵，
南去广州竟不还；
今日举国含悲泪，
我来送君归天山。

3月20日八宝山归来

花鸟篇

はじめ

惜 花 辞

一夜大风,
吹得我好花折断。
刚刚开放的鲜花呀,
委弃地面,
惹人心痛惹人怜。

信步走出庭院,
惊看原野上,
也是枝断花残。
满目凄凉,
低首回还。

忽想翩翩青年,
正像花一般嫩,
正像花一般鲜,
也被无名飓风,
吹得枝断花残。

而那无名的风,
既不飞沙走石,
也不黄尘扑面,
反而像甜甜的酒,
浸润心田。

只是大风袭过时，
人只剩下躯壳，
灵魂已经不见。

我默默地望着
满地狼藉的鲜花，
心中更加痛酸！

1985 年 9 月 28 日晨匆记

布谷鸟又叫了

布谷鸟又叫了。
这是今年,
我听到她的
第一声啼唤呢!

一早,她就停在
我窗前的树上,
一声又一声
把我唤醒。

她的歌喉,
是那样清丽,
那样婉转。

像热情的朋友,
前来探问,
带来愉悦,
带来慰安。

然而,我忽然想到:
这是去年
落到我窗前的那只布谷吗?

我迟疑了。
唔，
去年——今年，
昨天——今天，
岂止是一个春秋，
而是隔着
千道江河，
万里云山！

我知道，
她们的旅途是艰难的。
这里说的还不是风雨，
漫天的风雨，
总有荒岩可避；
这里说的也不是雷电，
隆隆的雷电，
总有林莽可栖。
最可怕的，
是一处处蛊惑的火光，
和一把可怜的粮米。

听说，
在许许多多
有名与无名的高岭上，
在绿色、黄色与铁青色的山峦上，
都张着捕鸟的网。
夜晚点起火堆，
诱使成群的鸟触网落地，
接着把她们的翅膀折断，
一堆一堆地装进口袋。
然后到集市上去换钱，
或者在大锅里煮好晒成肉干。

布谷鸟又叫了，
她的歌喉，
多么清丽，
多么婉转！

这是今年，
我听到她的
第一声啼唤呢！

可是当我想起
这是去年的她吗？
心里就满是酸楚。

1986年5月17日晨

小沙果压弯了腰

小沙果压弯了枝条,
满树红澄澄,带着笑,
哎呀呀,从头到脚都是果子了。

我说,喂,小沙果树,
你正青春年少,
别人都讲能挣会花,
你也别把身子累坏了。

小沙果树摇摇头说:
不,我还没有出过力气呢!
大地母亲给我的是这样多,
而我的贡献是这样少。

我说,小沙果树,
你是个好孩子,
你对大地母亲的感情太深了。

小沙果树羞红了脸,
微微笑着弯下了腰。

1986 年 7 月 27 日晨偶作

两只百灵死了

这是我第一次听说，
歌喉婉转的百灵，
被捕时，
会气愤地
将自己的舌尖咬断。

一位朋友，
就送了我两只
这样的百灵，
整日在笼子里
默默无言。

不久，其中一只死了，
另一只不眠不食，
连罐中的清水
也不看一看。

过了两天，
这一只也死了，
睁着两只亮亮的眼站立着，
旁边还有满满的小米一罐。

百灵，你在想什么呢？

你是想亲密的伙伴，
还是想万里云天？

1986年1月28日晨

这棵石榴树

这棵石榴树，
是我的妻子
丢下一粒石榴子儿
长起来的。

每年五月，
她那花
一嘟噜一嘟噜的
就像谁点起
红色的火焰。

可是春天，
就是今年春天，
当桃杏花们、丁香花、海棠花们
都竞相开放的时候，
她连个绿芽芽也没有，
她枯死了。
人们拿出铁锹，
准备刨去她，
我心中痛惜不止。
驼着背的姥姥
走过来说：
她没有死，

你们要耐心等待。

果然,在盛夏,
当轻雷像鼓声一般
在天边响起的时候,
她那铅灰色的枯枝上,
一点,两点,
三点,四点,
小小的嫩芽儿,
睁开了绿星般的眼睛,
在偷偷看人,
她活了。

于是,我相信了姥姥的话:
要耐心等待。

1986 年 7 月 26 日

五 线 谱

屋后,蓝蓝的天空里,
画着五线谱。
五线谱上,
是一个一个逗点,
一个一个
肥大的音符。

也许你细看,
才能看出:
那不过是一群小麻雀,
在高压线上歇足,
偶尔交换一下
闲言碎语。

它们——
这些肥大的逗点,
有时静止不动,
就像老唱一句歌,
没完没了;
有时又忽然来个跳跃,
变换一个新的曲调。

今天起风了,

高压线随着风
一摇,一摇。
小麻雀,
你今天要唱什么曲调?
是不是听见
大千世界的流行曲,
也想赶赶时髦?

1987年6月9日晨

哀伤的森林

黑夜,我听见
一座光秃秃的荒山
在哀伤的哭泣。

哭声悠长而凄厉,
时高时低,
仿佛没有停下来的样子。

这是谁,
谁在哭泣呢?

我信步走上荒山,
满山都是树茬子,
秀美的树干倒在一边。
原来不是荒山,
是被砍伐的森林
在哀伤地哭泣。

我安慰道:
亲爱的朋友,别哭吧,
天生我材必有用,
你们既然长大,
也该为人们做点儿事。

——不,不,
森林说,
我们岂能不懂这番道理?
只是我们
夜夜遭到野蛮的谋杀,
连幼小的儿孙也被砍去。
你不见
到处荒山光秃秃,
一片哭泣。
咳,怕只怕
我们可怜的家族,
会在中华大地消失!

我正想再安慰它几句,
霍然那边
锯声哼哼,斧声又起。
我远远喝道:
喂,快住手!
你们为什么这样无礼?

只听远处也喝道:
你是什么人?
多管闲事!
我们搞的是"商品经济",
你懂不懂"价值规律"?

1988年3月3日

山　桃

在荒僻的山道，
一株山桃花，
正在含苞。

我与她偶然相遇。
"山桃，你好！"我说，
"春的消息，
你捎来得最早。"

山桃淡然：
"早算什么！
早，就是老。"

"不老！不老！"
我连忙说，
"你的花开得很好；
只是过于寂寞，
开在荒山道，
纵然俏丽，
谁人知晓？"
"寂寞？"山桃觉得好笑，
"只有空虚的心，
才会受到寂寞袭扰；

再不就是生命枯萎了。"

她又说:"你看我,
上面承受着无尽的雨露,
下面连接着地下的海涛,
周围还有我的兄弟姐妹
——无边的森林,芳草!
哪里有什么寂寞,
我们朝朝夕夕
都在一起欢笑。"

山桃说过,
嫣然一笑。
像是谁的胭脂瓶碎了,
星星点点,
洒满荒山道。

1988年4月2日晨散步时偶得。
其时,路边确有山桃一株也。

邻家的玉兰花

邻家的玉兰花,
年年都开得早。

我家的玉兰花,
还是枯枝条条;
邻家的玉兰花,
已经含苞。

我家的玉兰花,
刚刚含苞欲放;
邻家的玉兰花,
已经像骄傲的白孔雀,
抖开如雪的翎毛。

那诱人的清香,
也一阵阵
向墙这边飘,飘。
唉,
人家的花好是人家的,
还是弄好自己的耕耘,
花才开得又早又好。

1988 年 4 月 8 日

杜 鹃

睡梦里,
我听见
一声声啼唤,
热切而清亮,
坦诚又哀婉。

哦,
原来是杜鹃,
就在我窗前。

我说,喂,
老朋友,
你好,
又是一年不见。

今年年景如何?
是一个凶岁,
还是丰收的秋天?
杜鹃不答,
声音仍是那样哀婉。

1989年5月16日

我的苹果树快要死了

我的苹果树快要死了,
我门前的那棵苹果树。

前几天出门时,
她还墨绿墨绿;
今天回来一看,
她的大半叶子
都像涂满了厚厚的红锈,
蔫巴巴地垂着,
快要死了。

呵,我的苹果树,
你还正值盛年,
怎么会这样?
去年你还挂了满树果实,
一个个像少女绯红的脸颊,
那样光艳照人!

我请教邻人。
邻人说:
咳,什么红锈!
快用药打,
那是红蜘蛛!

我让孩子上街买药，
没有买到，
走后门也不行。
我说：这不是很平常的药吗？
回答说：平常的药也没有。

我长长叹息了一声，
坐在树下，
我的苹果树快要死了！

1988年7月11日上午

病 树

我的苹果树病了,
像一个病恹恹的人,
站在我的院子里。

绿叶上
斑斑点点,
是谁甩了这么多黄油漆;
有的叶子,
在蔫蔫地卷起。

树
我望着她,
又忧又惧,
心里凄惶得很,
她可从来不是这个样子!

往昔,
她是多么英俊挺拔!
一树繁花,
引来多少蜂蝶喧哗;
夏景天,常对着雷雨嬉笑,
像夸耀自己在风雨中长大;
更别说光艳的秋日,
她捧出多少灿烂的果实。

想到这里，
我不禁沉重地叹息，
我的灵魂像撕裂般的痛苦，
我的心在颤栗。

我的树，
你确实病了！
怎么办呢？

一个人说：
快快打药水！
那是因为长了
太多太多的虫子。

另一个人冷笑，说：
不，应该连根拔掉！
因为她从头到脚都坏了，
还是从邻家移一棵来。

我横了他一眼，
挥挥手说：去你的！
我还是相信我的树。
我的树是经过风雨的树，
是年轻、强壮、充满生命力的树，
是还要献出更多彩色果实的树。
虽然她患了很重的病，
可是她一定能够治好，
只要不拒绝阳光，
不拒绝风雨，
不吝惜一点点药水！

1989年5月29日上午

骚坛篇

母 亲

——悼子弟兵的母亲刘大娟

母亲病了。
——我说的是
战争年代子弟兵的母亲,
自然也是我的母亲。
我站在她的土炕前,
看到她已生命垂危。
她勉强睁了睁眼,
却说不出话,
只涌出两点泪水……

我不晓得
母亲怎么会瘦成这样,
眉棱、颧骨像隆起的山丘,
枕上的白发像一团云。
她那颗燃烧过火焰的心,
似乎就要停止跳动;
她那枯瘦的细腿,
再不能踏上故乡的山水……

母亲不是万元户,
也不可能成为万元户。
屋子里没有时新的家具,

只有一张方桌,一个红漆躺柜,
——那是土改时平分的东西。
还有一张长长的条凳,
晚饭后,总是坐满了说笑的同志。
外面窗台上,仍然乱堆着
男人女人和孩子的鞋子
只有墙上贴的胖娃娃和一个时髦女人,
算是屋子里唯一的彩色。
可是,这一切母亲全不在意,
她静静地躺着,
眼看着就要离开人世……

院子里静得没有声息,
一切都是那么安谧。
只有风吹着枣树,
偶尔有一两颗红枣落地。
鸡群照常在静静地觅食。
唯一值得提及的,
是那头新买的毛驴。
它耕着一条窄窄的责任田,
无论拉粪、运载谷草都很方便,
吃草也不多,更不像马儿那样娇气。
母亲经常到野外给它割草,
还顺便优待它一两个玉米。
它似乎也很懂事,
常把嘴搭上母亲的肩头亲昵。
可是现在母亲顾不上它了,
眼看她就要离开人世……

儿子赶集去了,还没有回来。
他是一个地道的农民,
挑点韭菜,挑点烟叶,

到集上去卖,换回很少的钱。
太阳过午了,也不舍得买个烧饼。
他对那些一转手就是几千几万的人,
也看着眼馋,
可是接着又叹口气,
认为自己没有本事。
他觉得世道变了,
老实人越来越亏。
买化肥得走后门,
一百二十元才能买一袋美国化肥,
这要卖多少粮食才能换回!
母亲也常常为此叹气。
可是她现在顾不上了,
眼看着就要离开人世……

她的孙子
——一个强壮俊美的男孩子,
也跟上包工头到城里去了。
不用说,也为的是挣几个钱,
好为自己准备婚事。
这年头,乡下人结婚不容易,
没有几千元算过不去。
小伙子在脚手架上累个臭死,
到头来也只能混饱个肚子。
每逢刮风下雨恶劣的天气,
老人哪能不挂念远行的孙子?
可是她现在是这样疲惫无力,
眼看着就要离开人世……

她的孙女也不在家,
——全家数这个姑娘心灵手巧,
她到服装公司上班去了。

这个服装公司,前几年还不显眼,
现在已经赫然可观。
千万件时髦服装远销海外,
更别说北京、上海、广州、深圳。
姑娘托好几道门子才进了公司,
真幸运,哪怕每天十几个小时。
夜深下班腰酸背痛,
只有祖母常常将她惦念,
说她脸色发黄,红晕已经不见。
姑娘呵,你怎么不来看看你的祖母?
快来吧,快来吧,不要来得过迟……

陪伴老妈妈的,只有她的女儿,
女儿做了三十年的小学教师。
不少干部,连县委书记都是她的学生,
她还拿着粉笔一代代地启蒙。
她肚子里不是没有几句牢骚话,
倒不是粉笔末把青丝染成了华发。
使她心冷的是人与人的关系起了变化,
越来越少的是真诚,越来越多的是虚假,
更使她寒心的是有些暴发户,
她教了他们两代人,对面竟不说一句话。

屋子里静极了,
只有自鸣钟在嘀嗒嘀嗒。
我伏在母亲耳边轻轻地叫:
我来了,妈妈,我来了,妈妈。
你本是一个普通的农家女子,
是时代的雷霆将你惊醒。
党以真理的乳浆将你哺育,
你又以如火的热情作为报答。
但是今后,该如何面对这纷纭的世界?

你不明白,你不知道,
你终夜不眠也难弄个分晓。
而今天,好了,
这一切你都可以不必苦思,
因为你就要离开人世……

    1987年10月12日,自容城小先王村
   探视子弟兵的母亲刘大娟归来后作

夜 梦

昨夜,我梦见
我们大家敬爱的人
从远方归来。

也许他走得太远太远,
有些疲倦;
但他看到我,
眼神仍如阳光那么温暖。

——总理!
我依然这样呼唤他,
我们多么想你呀!
你是不是把我们忘了?

他笑笑说:哪能!
我的骨头虽已化成灰,
可我怎能忘记中国!?

我说:总理,
你有革命家的热烈,
又有政治家的清醒,
还有哲人的智慧,
你怎样看我们现在的生活?

他沉思良久，
脸色渐渐变得严峻：
——在我看，他说，
似乎少了一点什么，
有些东西又多了一点。

——少了一点什么呢？我问，
他说：少了革命的灵魂；
——多了一点什么呢？
他叹口气：多了的是腐败的霉菌！

我霍然惊醒，
伟人已远去。
只闻荒野鸡鸣，
我冷汗涔涔。

1995 年 11 月 10 日上午

我是一个工人

我是一个工人，
我每天都在
默默地冶炼，
默默地铸造，
一心想献上好的产品。

我是一个工人，
不同的只是——
厂长，车间主任，工程师，
都由我自己兼任。

虽然我身边
没有机器的轰鸣，
但耳边的喧嚣声
常常像大雨前的雷震。

虽然我身边
没有炼钢炉和高耸的烟囱，
但生活的河流
也常常卷过火的瀑布和烟的流云。

不同的是——
你们凭大自然的恩赐，

制成了人世间
那么多那么使人称心的物品；
而我的原料是生活，
我只是要织进
人类最美好的理想
和我自己的一颗赤心。

我的工时没有定准，
也许延迟到
风雨困扰的深夜，
银色的黎明或金色的黄昏，
一切不用别人劝说、命令或催问。

我也没有机械的定额，
但是，我惭愧
老是达不到自己的标准；
因为我索取的不是虚荣，
我要描绘这世界真实的图像，
引起人们心灵的颤震。

我的格言是诚实，
也不是没有几分自信，
我不去打听
街上的行市：
是萝卜还是白菜有更多的利润，
流行的是窄窄的牛仔裤还是耀眼的红裙。

我希望世界应当更美好，
至少越来越向美好靠近；
决不能让它
越来越增多害人的细菌。

我只是把我的血和生命，
悄悄流进产品，
至少是让人感到有益吧，
当然，最好是
历史的巨轮轰轰然向前滚动，
那里面也有我千万分之一份。
这样，我就会得到慰安，
我满意，我是一个工人。

也许，有一天，
我手里握着笔，
倒在自己的岗位上，
我也将感到愉快，
因为我没有忘记——
自己为之战斗的理想，
我永远属于工人！

1985 年 7 月 19 日偶作
1986 年 1 月 27 日重抄

写在汨罗江畔

青青的山冈哟清清的汨罗江,
诗人之父哟在这里投江而亡。

汨罗的江水哟为什么这样清?
这里有诗人的亮节高风。

泽畔的兰芷哟为什么这样香?
也许是骚坛①上飘来的芬芳。

可敬的诗人哟早已为故国献身,
我仿佛看见他仍在披发行吟。

为什么这样憔悴呵叹息频频?
只因他对故国忧思太深。

他脸上为什么还有泪痕?
因为他爱人民爱得深沉。

诗人哟,你才是我们的民族之光,
诗人哟,你才是我们的诗歌之魂。

---

① 骚坛:写作《离骚》处,在屈原故居。

诗人哟,我虽然不敢与先贤相比,
但我要立志追寻你的步迹。

诗人哟,你的诗篇像日月峥嵘,
我要学你那金石般的坚贞。

诗人哟,我虽然不敢比你的高深,
对人民我也有一颗燃烧的心。

我一生追随红旗冲过烟尘,
怎敢忘自己的同志自己的人民!

隆隆的炮声哟硝烟腾腾,
我怎能忘党的壮丽人民的光荣!

我们的红旗哟曾何等鲜艳,
我怎忍看见她颜色暗淡?

我们的红旗哟像灿烂的早霞,
我怎能看见她无声地落下?

看乱云奔涌哟黑云翻卷,
阵地上出现了最大危险。

叛徒们正把红旗纷纷砍倒,
我的热泪滚滚哟怒火中烧。

他们摘掉了人民心中的红星,
把人民的战斗成果输得空空。

他们用糖裹的毒药欺骗人民,
把神圣的信念变成了一缕烟云。

想到这里我止不住泪洒大地，
解放了的人民怎能再当雇佣奴隶？

诗人哟，你当年在江畔如痴如醉，
我今天的忧思呵也恰似洞庭湖水。

但我决不效你投湖投江，
必要时我将举起明亮的刀枪！

诗人哟，我决不效你投身清流，
我将同人民一起再一次战斗！

我要大声呼唤全世界的同志，
我们必须击退逆流继续前进！

只要我们的星球不会倒转，
共产主义的太阳就不会下沉！

1989 年 10 月 30 日作

菊　赋

呵,我喜爱你
不是因屈子曾餐你的落英,
我喜爱你
也不因你是陶翁的宾朋。
呵,我喜爱你
是你闪耀着秋日的光华,
呵,我喜爱你
是你敢于抗劲烈的西风!

呵,秋之花,秋之花呵!
今年的西风更狞恶了,
今年的寒霜更严酷了,
我听见西风说:
它要一切花草都枯死;
我听见寒霜说:
它要把一切花草都灭绝。

果然,
弥天的黄风来了,
铺地的寒霜降了,
大地上的一株株好花,
一个跟一个悲伤地凋谢;
连花王牡丹

也长了蛀虫遭了大劫。

可是,这时——
秋之花呵,
唯有你在东篱之下,
更英挺了,更娇美了,
你是那样冰清玉洁。
你只傲然一笑,
便使风霜黯然失色!

1990年11月18日

南 街 吟

今年初夏,有幸拜访南街村,耳目一新,振奋不已,感而赋此。

来到南街心欢畅,
共富花开何芬芳,
检验真理靠实践,
共产不是乌托邦。

1998年麦黄时节,写于南街

世界恶霸

现在，世界上
有一个恶霸。
它，面带微笑，
内藏奸诈。
它，满嘴的人权人道，
干的是强盗生涯。
它，说制裁谁就制裁谁，
说搜查就到谁家里搜查。
不管哪国的事，
似乎都是它的家事；
好像整个地球
都归它的国务院管辖。
它，真是一个恶霸，
世界恶霸！

曾记否？当然记得，
我们的"银河号"
就遭到过强迫检查。
天天有强盗飞机跟踪她。
使得她在大洋里
漂呵，漂呵，
飘游了好几十天，
像一个没娘的娃娃。

这是谁干的？
就是这个世界恶霸！

现在，
他又骑上南斯拉夫的脖子拉屎，
每天都在那里狂轰滥炸。
那里夜夜火光冲天，
美丽的城镇桥梁轰轰倒塌。
那里许多妇女儿童倒在血泊，
英雄的人民在呐喊挣扎。
呵，这是谁造成的灾难？
又是这个世界恶霸！

现在，全世界都望着南斯拉夫：
人们的眼里燃着怒火，
心头滴着血宛如刀扎。
他们一致地愤怒高呼：
停止轰炸！停止轰炸！
可是这个恶棍只轻蔑地一笑，
挥挥手，更加紧了轰炸。
也难怪，它是流氓成性的
世界恶霸！

突然，噩耗传来，
我们的驻南使馆也遭到了轰炸。
顿时，中国人的怒火
像火山一般爆发。
新血债，旧血债，都告诉我们：
帝国主义的本性是不会改变的。
我们该如何来惩罚这个世界恶霸？

有人在摇头叹气，

似乎没有办法。
可是我忽然想起毛泽东
有一条长长的神索。
他说,只要将它套上恶霸的脖子,
就能彻底制服它。
全世界人民呵!
快快把这条神索扯紧,
猛拉!猛拉!
总有一天,
我们要像审判希特勒那样,
来审判这个
世界恶霸!

1999年5月8日